EIN PERRY RHODAN-TASCHENBUCH

HUBERT HAENSEL

AGENT FÜR TERRA

VERLAGSUNION ERICH PABEL-ARTHUR MOEWIG KG,
7550 RASTATT

PERRY RHODAN-Taschenbuch
erscheint monatlich in der Verlagsunion Erich Pabel-Arthur Moewig KG,
7550 Rastatt

– Originalausgabe –
Titelbild: Alfred Kelsner
Redaktion: Dr. Florian F. Marzin
Vertrieb: Verlagsunion Erich Pabel-Arthur Moewig KG, 7550 Rastatt
Druck und Bindung: Brodard & Taupin, La Flèche, Frankreich

Alleinvertrieb und Auslieferung in Österreich:
Pressegroßvertrieb Salzburg Gesellschaft m.b.H.,
Niederalm 300, A-5081 Anif
Einzelheft-Nachbestellungen richten Sie bitte an:
TRANSGALAXIS-Buchversand, Postfach 1127,
6382 Friedrichsdorf/Taunus
Lieferung erfolgt gegen Vorkasse (zuzügl. DM 3,50 Versandkosten,
Ausland DM 7,50) oder per Nachnahme (zuzüglich DM 6,– Versandkosten).
Abonnement-Bestellungen sind zu richten an:
Verlagsunion Erich Pabel-Arthur Moewig KG, 7550 Rastatt
Lieferung erfolgt zum Verkaufspreis plus ortsüblicher Zustellgebühr
Printed in France 1992
ISBN 3-8118-5198-5

1.

Wieso gerade ich? Vergeblich zermarterte sich Arthur Konstantin den Kopf nach einer Antwort auf die Frage, die ihn seit Tagen bewegte. Ihm fehlte die vorgeschriebene Mindestzeit praktischer Erfahrung, und das einzige, was ihn für den Ein-Mann-Einsatz qualifizierte, waren seine erstklassigen Abschlußzeugnisse. Aber die allein konnten keinen Mann vom Format eines Allan D. Mercant bewogen haben, ausgerechnet ihn Hals über Kopf mit einer wichtigen Mission zu betrauen.

Er war sozusagen ins eiskalte Wasser geworfen worden und mußte zusehen, wie er sich freischwamm.

Wenn er es nicht schaffte? – Art Konstantin zuckte mit den Schultern und widmete sich wieder dem Kabinenmonitor, der die letzte Phase des Landeanflugs zeigte. Seine Gedanken kehrten zurück zu jenem Abend vor zwei Wochen . . .

Allan D. Mercant war ein kleinwüchsiger, schmächtiger Mann, unscheinbar und bieder, aber dennoch eine der großen Persönlichkeiten des Solaren Imperiums. Als Halbmutant besaß er eine schwach ausgeprägte telepathische Gabe und die Fähigkeit des vorausschauenden Ahnens.

Nie hätte Arthur Konstantin in Erwägung gezogen, der allmächtige Chef der Galaktischen Abwehr würde eines Tages vor seiner Tür stehen. Völlig überrascht stammelte er zwei oder drei zusammenhanglose Sätze.

„Warum bitten Sie mich nicht herein?" Mercant musterte ihn ohne erkennbare Regung. „Was wir zu besprechen haben, läßt sich schwerlich zwischen Tür und Angel erledigen."

„Aber natürlich, Sir ..." Art Konstantin, 22 Jahre jung und urplötzlich mit weichen Knien kämpfend, trat einen Schritt zu schnell zur Seite. Er dachte an alles Mögliche, nur nicht mehr an die Bücher, die er beim Summen des Türmelders auf dem Boden abgestellt hatte. Erst als er stolperte und mit den Armen rudernd um sein Gleichgewicht kämpfte, entsann er sich. Aber da witterte die Überwachungselektronik bereits Gefahr und riegelte den Zugang zur Wohnung mit einem gerichteten Fesselfeld ab.

Art Konstantin wurde totenblaß und dann wieder puterrot.

Tätlicher Angriff auf einen Vorgesetzten. Die Rechtssprechung in solchen Fällen war eindeutig; er hatte mit einem Disziplinarverfahren und dem unehrenhaften Ausschluß aus der Galaktischen Abwehr zu rechnen.

Art starrte den zur Bewegungslosigkeit verurteilten Solarmarschall aus weit aufgerissenen Augen an. Das Gefühl, vor Scham im Boden versinken zu müssen, wurde unerträglich.

„Wieviel Zeit brauchen Sie, um sich von meiner Identität zu überzeugen?" Ein süffisantes Lächeln, eine Mischung aus Verärgerung und leichtem Spott, umspielte Mercants Mundwinkel.

„Alle Funktionen abschalten!" sagte Konstantin schnell.

Die Sensorik reagierte nicht. Im Gegenteil. Es sah eher so aus, als würde der Abwehrchef zwischen zwei Glasplatten gepreßt, die sich unaufhaltsam aufeinander zu bewegten.

„Stopp!" brüllte Konstantin.

Als das ebenfalls nichts nutzte, schlug er mit beiden Fäusten gegen die Wandverkleidung, hinter der sich die Fesselfeldprojektoren verbargen. Das bislang unsichtbare Feld wurde prompt von Störungen durchlaufen, die innerhalb von Sekunden den Zusammenbruch herbeiführten.

„Nicht übel“, sagte Mercant und massierte sich die plattgedrückte Nase. Seiner Stimme war keine Regung anzuhören.

„Einfacher Stand der Technik“, erwiderte Arthur Konstantin geknickt. „Eigenbau. Es tut mir leid, Sir . . .“

Mercant winkte großzügig ab. „Ihre Art, Energieprojektoren abzuschalten, finde ich bewunderswert.“

Art schnappte nach Luft wie ein Fisch auf dem Trocknen. Das Ende vom Anfang seiner Karriere war in greifbare Nähe gerückt.

„Blicken Sie nicht so finster drein, mein Freund!“ Allan D. klopfte ihm jovial auf die Schulter. „Mit so einem Gesicht verkaufen sie nicht eines dieser positronischen Mini-Tagebücher, die heutzutage große Mode sind.“

„Verkaufen?“ Arthur Konstantin fuhr sich irritiert mit der Hand übers Gesicht.

„Auf Charisma“, bestätigte der Solarmarschall. Ohne eine Aufforderung abzuwarten, nahm er im nächstbesten Sessel Platz. „Sie beziehen ab sofort das Gehalt eines Einsatzagenten. Wenn Sie erfolgreich sind, kommen Sie auf der Karriereleiter außerdem einige Stufen weit nach oben.“

„Und falls nicht?“

„Sie kennen das Risiko aller Einsatzagenten, Mister Konstantin.“

Art nickte schwer. Daß eines Tages der Tod sein ständiger Begleiter sein würde, hatte er schon gewußt, als er sich zum Kadettendienst gemeldet hatte. Nur war ihm nie in den Sinn gekommen, daß dies bereits innerhalb der nächsten Jahre der Fall sein könnte.

„Darf ich fragen, Sir, warum Ihre Wahl auf mich fiel?“

Mercant lächelte vielsagend. „Vielleicht, weil Sie außergewöhnliche Sicherungsanlagen bauen . . .“

Der Raumhafen von Charisma war mit zwanzig Landefeldern nicht gerade imposant. Auch das Drumherum wirkte wenig anziehend: veraltete Hafengebäude, Pisten, die wie Flickwerk wirkten, und – nur wenige hundert Meter außerhalb der Begrenzung – gigantische Abraumhalden. Die ersten Siedler hatten dieser Welt Wunden geschlagen, die nach Jahrhunderten noch nicht vernarbt waren.

Charisma, der vierte Planet einer Sonne vom Sol-Typ, war mit 6423 Kilometer Äquatordurchmesser kleiner als der Mars, wies aber nahezu die gleiche Schwerkraft auf wie die Erde. Zwei Monde und ein dünner Ring leuchtender Staubteilchen erfüllten die Nächte mit intensivem Zwielicht.

Von den 35 Millionen Bevölkerung waren 32 Millionen Terraner; die übrige Zahl teilte sich zu annähernd gleichen Prozentsätzen auf in Eingeborene, Arkoniden und Angehörige anderer galaktischer Völker.

Die IKARUS stand höchstens noch hundert Meter hoch, als jäh die Ringwulsttriebwerke aufbrüllten. Gelbgrüne Dunstschwaden aus den Abraumhalden verwandelten den Plastbelag der Landefelder in eine brodelnde, blasenwerfende Masse. Biochemische Vorgänge dieser und ähnlicher Art gehörten auf Charisma zur Tagesordnung. Zu spät hatten die Siedler bemerkt, daß das Fehlen eines im Tagebau gewonnenen Minerals diese Vorgänge begünstigte. Auf gewisse Weise wehrte sich also der ausgebeutete Planet gegen die ungebetenen Eindringlinge.

Eineinhalb Stunden lang blieb die IKARUS in einem stabilen Orbit. Als sie dann endlich landete, hing noch ein stechender Geruch in der Luft.

„Es besteht keine Gefahr“, erklärte die Robot-Informatik im Hafenterminal. „Die austretenden Gase schädigen nur bestimmte Molekülgruppen; auf lebende Organismen haben sie keinen Einfluß.“

Gleichmütig ließ Art Konstantin die Zollabfertigung

über sich ergehen. Seine ID-Karte einschließlich der Verkaufserlaubnis von *Positronic Diary Inc.* waren so echt, wie sie nur echt sein konnten.

Als er dann das Hafengebäude verließ, regnete es leicht. Die Tropfen hinterließen winzige Krater im Straßenbelag. Irritiert betrachtete Art seine Schuhspitzen.

„Keine Bange, Mister", sagte eine amüsiert klingende Stimme neben ihm. „Das ist alles halb so schlimm. Wenn Sie sich erst daran gewöhnt haben . . ."

Aus halb zusammengekniffenen Augen musterte Art sein Gegenüber.

„Wollen Sie was erleben, Mister, oder suchen Sie nur ein ruhiges Hotel?" fragte der Mann.

„Danke", wehrte Art ab.

„Danke ja, oder danke nein? Draußen wartet mein Pralltaxi."

„Kein Robotgleiter?"

„In der Hinsicht sind wir auf Charisma ein wenig altmodisch. So viel Technik wie nötig, aber so wenig wie möglich, wenn Sie verstehen, was ich meine. Das gehört zum besonderen Flair unserer Welt."

„Deshalb der Name?"

Der Taxifahrer zuckte mit den Schultern. „Das war vor meiner Zeit", erklärte er.

„Sie kennen das *Nostalgia?*"

Ein Schatten huschte über das Gesicht des Mannes. „Keine gute Adresse, wenn Sie mich fragen. Eine billige Absteige."

„Mir wurde das Haus empfohlen", erklärte Art.

„Ich bringe Sie ins *Eastside.* Das liegt nur fünfhundert Meter entfernt."

Arthur Konstantin argwöhnte zwar, daß der Mann Umsatzbeteiligung erhielt, akzeptierte aber den Vorschlag. Vielleicht war es wirklich besser, das *Nostalgia* aus der Distanz zu beobachten. Wayne hatte dort gewohnt. Doch Wayne war tot. Ermordet. Obwohl alles wie ein Unfall ausgesehen hatte.

Vierzig Minuten später verließ Arthur Konstantin das Taxi vor dem *Eastside.* Er zahlte, belohnte den Fahrer mit einem angemessenen Trinkgeld, und steuerte geradlinig auf das Hotelportal zu.

Das Haus war dem Kolonialstil des 22. Jahrhunderts nachempfunden: kühn geschwungene, frei tragende Bauteile konkurrierten mit spiralförmigen Türmchen und kubistischen Elementen. Das futuristische Design von damals hatte sich wegen seiner mangelnden Funktionstüchtigkeit aber nie durchsetzen können und war eine ästhetische Herausforderung geblieben.

Als Art die Empfangshalle betrat und einen Blick zurückwarf, stand das Taxi immer noch am Straßenrand. Der Fahrer hatte sich eine Zigarette angezündet und wartete scheinbar gelangweilt auf den nächsten Fahrgast. Art Konstantin konnte sich dennoch des Eindrucks nicht erwehren, daß der Mann ihn beobachtete. Eine innere Stimme mahnte ihn zur Vorsicht.

Sekunden später schloß sich der Energievorhang hinter ihm, der den Straßenlärm fernhielt.

Das *Eastside* erlaubte sich den Luxus eines menschlichen Portiers. Der Mann, klein, zur Fettleibigkeit neigend, mit Halbglatze und trotz der Klimaanlage schweißüberströmtem Gesicht, eröffnete Art mit sorgenvoller Miene, daß wegen der Tagung irgendeiner obskuren Gesellschaft nahezu alle Zimmer belegt waren.

„... lediglich im 8. Stock ist noch ein Doppelzimmer frei. Den Preis ...“

„Ich nehme das Zimmer“, sagte Art.

„Für welchen Zeitraum“

„Vorerst für eine Woche.“

„Planetare Zeit?“

„Standardzeit“, erwiderte Art und fügte entschuldigend hinzu: „Ich komme von Terra.“

Von der Rezeption aus wurde das Zimmerschloß auf seinen Handabdruck programmiert. Ein Roboter kümmerte sich um das Gepäck, und kurz darauf verließ

Arthur Konstantin den Antigravlift auf der obersten Etage.

Grelles violettes Licht schlug über ihm zusammen. Es schmerzte den Augen und zwang ihn, verzweifelt zu blinzeln.

Außerdem veränderte sich die Schwerkraft. Aber er war darauf trainiert, ein Mehrfaches seines Körpergewichts zu ertragen, aber jeder andere menschliche Gast wäre vermutlich schon nach wenigen Schritten erschöpft zusammengebrochen. Er schätzte, daß auf dem 8. Stock mindestens 2,5 g lasteten.

„He!" rief er dem Roboter hinterher, der mit dem Gepäck vorüber schwebte. „Ist das Service-Center defekt? Ich bin kein Umweltangepaßter."

Er erhielt keine Antwort. Erst als die Zimmertür vor ihm aufglitt, erklang eine Lautsprecherstimme. „Die Umweltoptionen werden angepaßt!" verkündete sie. „Die Hotelleitung bittet um ein wenig Geduld."

Drei Wesen, kaum größer als 1,40 Meter, aber in den Schultern fast ebenso breit, kamen den Flur entlang. Ihre tief in den Höhlen liegenden Augen wurden von dicken Knochenwülsten geschützt. Es war unschwer zu erkennen, daß Schwerkraft und Lichtintensität auf ihre Bedürfnisse abgestimmt waren. Sie taxierten Art mit abschätzenden Blicken, die er nicht ganz so unverhohlen neugierig erwiderte, bevor die Tür hinter ihm zuglitt.

Er verzichtete darauf, seine Koffer auszupacken. Solange er nicht wußte, was mit Wayne geschehen war, bestand die Möglichkeit, daß er das Hotel Hals über Kopf wieder verlassen mußte.

Ein großes Panoramafenster bildete die Stirnseite des Raumes. Art konnte einen Teil der Straße überblicken und sah sogar das *Nostalgia.* Der Taxifahrer hatte nicht übertrieben: Es war eines der schäbigsten Gebäude im Umkreis.

Aus der Nähe wirkte das *Nostalgia* gänzlich deplaziert. Es bestand nicht aus den üblichen Fertigteilen, sondern war gemauert worden. Inzwischen bröckelte der Putz großflächig von der Fassade ab, die Fenster waren halb blind, und auf dem schmalen Streifen Grünland, der das Haus umgab, wurden Disteln und anderes Unkraut kultiviert. Verglichen mit den sauberen Fassaden und den gepflegten Vorgärten der übrigen Häuser war das Hotel ein Fossil aus der Gründerzeit.

Arthur Konstantin fragte sich, was einen Agenten der Galaktischen Abwehr bewogen haben mochte, hier abzusteigen. Oder hatte Wayne Coover an einem konkreten Fall gearbeitet?

Er wußte es nicht. Was er von Allan D. Mercant erfahren hatte, war in der Hinsicht sehr dürftig. Eigentlich viel zu wenig. Art fragte sich zum wiederholten Male, ob Mercant ihm aus unbekannten Gründen Wesentliches verschwiegen hatte.

Zwei Kerle rempelten ihn von hinten an.

„Schon gut, schon gut“, maulte der eine und grinste dreckig, als Art Abwehrhaltung einnahm. „Dir ist nichts passiert, oder?“

Art musterte ihn abschätzend. Der Mann bedeutete keine Gefahr. Der andere ebenfalls nicht. Beide standen ziemlich unsicher auf den Beinen, und Alkoholdunst umwehte sie. Sie steuerten in Schlangenlinien auf das *Nostalgia* zu.

Konstantin folgte ihnen in einigem Abstand.

Auch von innen war das Hotel dem allmählichen Verfall preisgegeben. Ein Robotportier, verbeult, kantig, mit nur matt schimmernden Sehzellen und rostig klingender Stimme, fragte nach seinen Wünschen.

Als Art nicht sofort reagierte, wiederholte die Maschine die Frage mit stereotyper Monotonie.

„Ein Zimmer!“ sagte Art.

„Kein Gepäck?“

„Nein.“

„Dann nur stundenweise?"

Konstantin schüttelte den Kopf. „Für eine Nacht, vielleicht auch für zwei."

Das Schnarren aus der Sprechmembrane klang beinahe wie ein menschliches Seufzen.

„Bevorzugen Sie eine bestimmte Illusion?"

„Ich verstehe nicht ganz."

„Das *Nostalgia* bietet seinen Gästen perfekte Erholung vom Alltag", schnarrte der Robotportier. „Ein Spezialhologramm verwandelt Ihre Unterkunft in jede gewünschte Landschaft . . ."

„Egal", sagte Art. „Aber", er stockte, schien zu überlegen, „ein Bekannter war vor einigen Wochen hier. Geben Sie mir das Zimmer, das er hatte. Wayne Coover ist sein Name."

Roboter haben keine Mimik. Zumindest nicht Roboter des Typs, dem Konstantin gegenüberstand, die Blechgesellen ohne Bioplastüberzug.

„Mir ist ein Gast dieses Namens unbekannt", schnarrte er.

„Wayne hat hier mehrere Tage gewohnt."

„Ich bedauere."

„Schon gut." Art winkte großzügig ab. „Dann eben irgendein Zimmer."

Alles an dem Hotel war alt, angefangen von der Schlüsselkarte, die schon vor Jahrhunderten durch bessere Techniken ersetzt worden war, bis hin zu dem noch mechanisch funktionierenden Lift. Das schummerige Halbweltmilieu wurde endgültig offenbar, als Konstantin auf der 6. Etage den Lift verließ und von zwei Schönheiten in die Zange genommen wurde. Die eine hatte giftgrünes, hoch toupiertes Haar und trug außer einem durchsichtigen Schlauchkleid nichts auf der Haut, die andere hatte irgendwann einem obskuren Schönheitschirurgen viel Geld gezahlt: Das Implantat der dritten Brust war zumindest auf Anhieb nicht als künstlich zu erkennen.

„Toll, was?“ sagte sie mit rauchiger Stimme. „So was hast du bestimmt noch nicht gesehen.“

„Wayne hat schon davon gesprochen“, erwiderte Art freundlich und schaffte es endlich, den Blick von der biologischen Absonderlichkeit zu lösen. „Wayne Coover, du erinnerst dich bestimmt an ihn.“

Er mußte von allen guten Geistern verlassen sein, regelrecht mit der Tür ins Haus zu fallen. Aber Art hatte das unbestimmte Gefühl, daß er nur so eine Antwort auf seine Fragen erhalten konnte.

War da ein flüchtiges Aufblitzen in den Augen der Frau? Ihr Lächeln wirkte plötzlich nur noch aufgesetzt.

„Ich kenne viele Männer“, murmelte sie. „Wenn dein Freund begeistert war, schick ihn ruhig mal wieder vorbei.“

„Er ist tot.“

Die Dame zuckte mit den Schultern. „Sterben müssen wir alle“, erklärte sie.

„Wohl kaum an einer Überdosis Liquitiv.“

Diesmal hatten sich beide Frauen unter Kontrolle. Sie wirkten nicht erschrocken, sondern eher verärgert. Ihre Offenherzigkeit schlug jäh ins Gegenteil um.

„Mit verbotenen Drogen haben wir nichts zu tun“, erklärte die in dem durchsichtigen Kleid. „Außerdem sind wir nicht von der Seelsorge. Wenn du nur quatschen willst, bist du bei uns falsch dran.“

Liquitiv, ein zunächst als Zellregenerierungsmittel angesehener Likör, war um das Jahr 2090 als Wundermittel angepriesen worden. Später hatte sich herausgestellt, daß die Konsumenten nach einigen Jahren erschreckend schnell alterten. Die Droge war von den Antis mit Hilfe der Aras, der sogenannten galaktischen Mediziner, entwickelt und vertrieben worden, um das Solare Imperium von innen heraus zu zerstören. Inzwischen gab es längst ein Heilmittel, aber Liquitiv war deshalb noch keineswegs von der Bildfläche verbannt.

Die Frauen hatten es plötzlich eilig, den Lift zu betreten.

Sekundenlang starrte Konstantin noch die geschlossene Tür an. Allan D. Mercant hatte ihm als Todesursache des Agenten nur einen Unfall im Liquitiv-Rausch genannt. Über alles andere hatte er sich ausgeschwiegen. Es sei besser, wenn Art selbst die Fäden aufnahm, war sein einziger Kommentar dazu gewesen.

So schmuddelig und verfallen das Hotel wirkte, so perfekt war die holografische Illusion, die Arthur Konstantin das Gefühl gab, eine Lichtung mitten im Dschungel zu betreten. Der Gegensatz konnte kaum größer sein.

Riesige Blüten in allen Regenbogenfarben bedeckten den Boden, in den Wipfeln der weit ausladenden Baumriesen rauschte der Wind, und aus dem dichten Geäst erklangen Vogelstimmen. Art vermißte lediglich den Duft der Blüten und das schwere Aroma des feuchten, dampfenden Erdreichs. Statt dessen roch er erkalteten Zigarettenrauch und ein aufdringliches Parfum, das von seinen Vorgängern stammen mußte.

Konstantin schritt den Raum ab. Vier mal drei Meter, kein Fenster, ein schmaler Schrank, aber ein breites, ovales Bett und eine immerhin einigermaßen komfortable Naßzelle. Das alles weniger für einen längeren Aufenthalt gedacht als für ein paar sinnliche Stunden.

Die einzige Sitzgelegenheit war das Bett. Art legte sich schließlich lang, verschränkte die Arme hinter dem Kopf und starrte zur Decke empor, die über dem rauschenden Blätterdach verborgen war. Die Illusion war in der Tat perfekt.

Eine Schlange wand sich durchs Geäst. Art hatte sie kaum entdeckt, da ließ sie sich fallen und schob sich mit langsamen Bewegungen übers Bett auf ihn zu. Sie entblößte zwei nadelspitze Giftzähne.

Die Gefahr war fast körperlich spürbar.

Als Art sich abrupt auf den Ellenbogen hochstemmte,

richtete die Schlange sich ebenfalls auf. Angriffslustig züngelnd, pendelte ihr kantiger Schädel hin und her.

Nur Sekundenbruchteile später stieß sie zu.

Arthur Konstantins zur Faust geballte Rechte traf den schuppigen Leib des Reptils unmittelbar unterhalb des Kopfes und hätte einen tödlichen Biß auf jeden Fall verhindert. Doch die Schlange war ebenso Illusion wie der Dschungel, die Vogelstimmen und das Rauschen des Windes.

Der eigene Schwung, als er jäh ins Leere griff, ließ Konstantin taumeln. Wo eben noch das vermeintliche Reptil gelegen hatte, flimmerte die Luft. Eine prachtvolle Orchideenblüte entstand, umschwärmt von schillernden Faltern.

Verwirrt über seine eigene Schreckhaftigkeit, schüttelte Art den Kopf. Bei den Tests, denen sich alle Kadetten unterziehen mußten, hatte er als einer der Besten abgeschnitten. Analytisches Denken, Reaktionsschnelligkeit und Körperbeherrschung waren Grundvoraussetzungen für die Zulassung. Aber offenbar lagen zwischen den Tests und Einsatzbedingungen doch Welten.

Abermals vernahm er ein leises Rascheln. Die Schlange war wieder da. Diesmal kroch sie über den Boden und ringelte sich am Bettpfosten empor.

Erneut spürte Art jenes undefinierbare Gefühl einer nahen Gefahr.

Zielstrebig näherte sich die Schlange. Ihr Gewicht drückte die Bettdecke leicht ein.

Gewicht?

Arthur Konstantin warf sich zur Seite, im selben Moment schnellte die Schlange vor. Ihre Giftzähne bohrten sich in die Kissen, wo er eben noch gesessen hatte, aber da packte er auch schon zu, umklammerte den schuppligen Leib mit der Rechten ungefähr in der Mitte und wirbelte ihn hoch.

Ein dumpfes Klatschen folgte, als er den Schädel der

Schlange gegen die Bettkante schmetterte. Aber der Schlag schien dem Tier nicht viel auszumachen, denn der Schwanz ringelte sich um Arthurs Arm und zog sich wie ein Schraubstock zusammen. Noch einmal schlug er zu, danach brachte er die Kraft nicht mehr auf. Lediglich ein Giftzahn splitterte und gab einen Schwall farbloser Flüssigkeit frei.

Dreißig Zentimeter Schädel und Vorderleib des Reptils bäumten sich in seiner Hand auf. Erstaunt sah Art, daß sich ein feiner Draht aus dem Maul löste.

Das Biest war ein Roboter!

In letzter Konsequenz bedeutete dies, daß Arthur Konstantin schon auf der Abschußliste des unbekannten Gegners stand. Obwohl er sich erst seit wenigen Stunden auf Charisma aufhielt. Waren seine Fragen schuld daran, oder war er schon erwartet worden?

Irgendwie schaffte Art das Kunststück, die Schlange weiterhin am Zubeißen zu hindern und zugleich mit der Linken den Kombistrahler aus dem Schulterholster unter der linken Achsel zu ziehen. Die Waffe war auf Paralyse eingestellt. Sie neu zu justieren, blieb ihm keine Zeit, denn der Roboter drohte seinen Arm zu zerquetschen.

Wieder und wieder ließ er das Griffstück auf den Vipernschädel herabsausen, bis die künstliche Schuppenhaut in Fetzen von dem dünnen Metallskelett abplatzte und erste positronische Bauteile aus den Schädelöffnungen hervorquollen. Mit einer weit ausholenden Bewegung schleuderte Art das Robotreptil in die Ecke.

Er war überzeugt davon, daß es sich bei der Flüssigkeit in den Giftzähnen um Liquitiv handelte. Jemand wollte ihn auf ähnliche Art und Weise töten wie Wayne.

Und jederzeit konnten weitere Giftschlangen angreifen. Zwischen Hologramm und wirklichem Roboter zu unterscheiden, war nahezu unmöglich. Darauf, daß ihm erneut ein Zufall zu Hilfe kam, durfte Art nicht vertrauen.

Aber hatte er nicht schon erreicht, was er wollte? Die

Gegenseite war auf ihn aufmerksam geworden. Er verließ das Zimmer, blieb kurz stehen und atmete tief durch, als hinter ihm die Tür zuglitt. Der Flur war leer, nur aus einem der Nebenräume erklangen laute Stimmen im Streitgespräch.

Art betrat den Aufzug und berührte den Sensorknopf für den 1. Stock. Vermutlich war es besser, wenn er nicht bis ins Erdgeschoß fuhr.

Ruckartig setzte sich der Lift in Bewegung. Art beobachtete die Leuchtanzeige über der Tür, die sich nur zögernd und scheinbar widerwillig veränderte. Unvermittelt hielt die Kabine.

Arthur Konstantin wich bis an die Rückwand zurück. Seine Hand schloß sich um das Griffstück des Kombistrahlers.

Aber nur ein grauhaariger, schmuddelig wirkender Hotelgast stieg zu. Er streifte Konstantin mit einem flüchtigen Blick, murmelte einen kaum verständlichen Gruß und wandte ihm dann den Rücken zu.

Augenblicke später kam die Aufzugkabine mit einem harten Ruck zwischen dem dritten und zweiten Stockwerk zum Stehen. Ein gefährliches Knirschen wie von überbeanspruchtem Material erklang.

„Schon wieder . . ." Der Mann vor Art seufzte ergeben und drückte auf den Klingelknopf. Offenbar war er unvorhergesehene Aufenthalte dieser Art gewöhnt.

Erst als alles ruhig blieb, wandte er sich flüchtig um.

„Falls die verdammte Klingel ebenfalls hin ist, sitzen wir wirklich fest", schimpfte er. „Haben Sie eine Ahnung, Mister, wie wir schnell hier rauskommen?" Mit beiden Händen trommelte er auf die Sensoren. Die Folge war ein ruckartiges Absacken der Kabine um wenige Zentimeter, gefolgt von einem lauter werdenden Kreischen aus der Höhe.

Arthurs Blick wanderte nach oben. Gerade so hoch, daß er sie bei ausgestreckten Armen mit den Fingerspitzen berühren konnte, befand sich die Klappe der Wartungsluke.

„Klettern?“ fragte der Grauhaarige tonlos. „Das schaffe ich nicht.“

„Wollen Sie lieber warten?“ Art streckte sich und tastete die schmale Fuge ab. Inzwischen durchliefen stärker werdende Vibrationen den Aufzug. Ein zweiter Ruck folgte.

„Fahren wir wieder?“ fragte der Grauhaarige hoffnungsvoll.

Art sagte ihm nicht, daß sie eher Gefahr liefen, in die Tiefe zu stürzen. Das Geräusch eines reißenden Stahlseils war jedoch unverkennbar.

Endlich fand er den Öffnungsmechanismus. Die Luke klappte auf. „Kommen Sie her, Mann!“ forderte er seinen Leidensgefährten auf.

„Was ist da oben?“

„Ein leerer Schacht und jede Menge Trossen.“

Heftiges Kopfschütteln verriet die Angst des Mannes. Art konnte nicht länger warten. Er federte in den Knien durch und stieß sich ab. Seine Finger bekamen zwar den Rand der Luke zu fassen, aber er rutschte an einem ölverschmierten Metallteil sofort wieder ab.

Dumpf dröhnend stieß die Kabine gegen die Schachtwand. Art stieß sich stärker ab als zuvor. Diesmal fand er mit der rechten Hand Halt, klammerte sich fest und strampelte mit den Beinen, um den Schwung nicht zu verlieren.

Finsternis umfing ihn, als er sich mit einem letzten Ruck aufs Dach der Liftkabine zog. Schmerzhaft stieß er sich den Kopf an einem der Umlenkräder, in denen die Stahltrossen liefen.

„Ich ziehe sie rauf, Mann! Reichen Sie mir die Hand!“

Er erhielt keine Antwort.

Mit peitschendem Knall brach das nächste Seil. In der Höhe erklang ein bösartiges Sirren. Instinktiv zog Arthur den Kopf zwischen die Schultern, und schon Sekundenbruchteile später krachte das Stahltau herab. Es verfehlte ihn nur um eine Handbreite.

Über ihm, in der Dunkelheit als fahl leuchtende Linien zu erkennen, zeichneten sich die Umrisse der Lifttüren ab. Art mußte klettern, um die Tür im dritten Stock zu erreichen und von innen her aufzustoßen.

Die Trosse, nach der er griff, war dick und ölig und schmirgelte seine Haut von den Fingern. Er achtete kaum auf den brennenden Schmerz.

Erneut hallte ein Knall wie ein Schuß durch den Schacht. Sengend heiß streifte etwas über Arts Rücken, verschwand jaulend über ihm in der Dunkelheit und krachte gleich darauf mit zerstörerischer Gewalt herab. Das Splittern von Holz vermischte sich mit dem Kreischen überbeanspruchten Metalls zu einem ohrenbetäubenden Stakkato. Sekundenlang erhellte flackernder Lichtschein aus der halb zersplitterten Decke der Liftkabine die Szenerie, danach erschien die Dunkelheit noch vollkommener als zuvor. Der Grauhaarige begann zu schreien.

Arts Hände bluteten, aber er hangelte sich weiter. Der Lift begann unter der Belastung wie die Saite eines Musikinstruments zu schwingen.

War der Ausfall auf Materialermüdung zurückzuführen, oder versuchte sein unbekannter Gegner zum zweitenmal, ihn zu töten?

Endlich konnte Art die Tür mit den Fingerspitzen berühren. Nur aufstoßen konnte er sie nicht; dazu war das Seil zu weit entfernt. Sich nur noch mit der linken Hand festhaltend, neigte er sich weit zur Seite und erreichte danach wenigstens den gemauerten Absatz unterhalb der Tür.

Die letzte Trosse riß. Art wäre mit in die Höhe gezerrt worden, hätte er nicht rechtzeitig losgelassen. Unter ihm stürzte die Liftkabine ab und zerschmetterte auf dem Grund des Schachtes. Der Aufprall erschütterte das *Nostalgia* bis in die Grundmauern.

Dem Dröhnen, Kreischen und Splittern folgte Totenstille, bevor gleich darauf von allen Seiten her aufgeregte Schreie erklangen. Arthur Konstantin hatte sich da bereits auf den schmalen Sims gezogen und drückte die Lifttür mit der Schulter auf. Er war dem Tod nur um Haaresbreite entgangen.

Unten, vor der Rezeption, liefen die Leute zusammen und gafften. Art wußte, daß er nicht lange warten durfte, dann würde die Meute auch die einzelnen Stockwerke heimsuchen, und was er gewiß nicht brauchte, war Publicity.

Mit einer fahrigen Bewegung wischte er sich die ölverschmierten, blutenden Hände an der Hose ab. Seine Kleidung war ohnehin zerrissen und verdreckt.

Im Laufschritt hastete er den Korridor entlang. Wegen einer Laune des Architekten lag das Treppenhaus am anderen Ende des Gebäudes. Art nahm jeweils zwei Stufen auf einmal, im ersten Stock kamen ihm Menschen entgegen, die ihn entgeistert anstarrten, aber er erreichte ungehindert die Empfangshalle, die mehr denn je einem Schlachtfeld glich.

Die Lifttür war aus dem Mauerwerk herausgebrochen und hatte eine Sitzgruppe unter sich begraben. Ziegelstaub verteilte sich bis in den letzten Winkel, und mindestens drei Dutzend Schaulustige traten sich vor dem Loch in der Wand gegenseitig auf die Füße. Rufe nach einem Medorobot wurden laut.

Art hatte den Ausgang fast erreicht, als eine Frauenstimme schrill zu kreischen begann: „Das ist der Mann! Er hat Hank auf dem Gewissen! Haltet ihn auf!"

Er nahm die Beine in die Hand. Ein Strahlschuß verfehlte ihn um weniger als einen halben Meter und brannte ein Loch in die Wand. Glutflüssiges Material spritzte nach allen Seiten.

Die breite Treppe vor dem *Nostalgia* überwand Arthur Konstantin mit zwei Sätzen. Er wandte sich nach rechts, wo er in kurzer Entfernung weitläufige Grünanlagen wußte, in denen er die ihn jagende Meute abschütteln konnte.

Ein Fahrzeug holte rasch auf.

„He, Mister, kommen Sie!"

Das war der Taxifahrer. Art fragte nicht lange. Der Mann war bestimmt nicht zufällig in seiner Nähe. Ohne zu zögern, riß er den Fond auf und sprang in den Prallgleiter. Der Fahrer beschleunigte sofort wieder.

„Dafür, daß Sie erst seit wenigen Stunden auf Charisma weilen, haben Sie schon viele Probleme am Hals", stellte der Mann unumwunden fest.

Konstantin reagierte nicht darauf. „Wohin fahren Sie?" wollte er wissen.

Der Mann warf ihm einen bedeutsamen Blick zu. „Zunächst einmal: Ich heiße Reeve, Reeve Duncan. Und Sie sind Arthur Konstantin – jedenfalls dem Bild nach zu schließen, das mir übermittelt wurde. Ich bringe Sie in Ihr Hotel. Auf Umwegen selbstverständlich. Wir haben einiges miteinander zu bereden."

2.

Reeve Duncan gab sich als sogenannter Schlafender Informant der Galaktischen Abwehr zu erkennen. Männer wie er lebten ein völlig normales Leben und erhielten möglicherweise nie einen Einsatzbefehl – sie gingen den unterschiedlichsten Berufen nach und waren in hohen Positionen ebenso anzutreffen wie als einfache Arbeiter. Unübertroffene Ortskenntnis galt als ihr Vorteil, ebenso die Tatsache, daß sie in ihrem Umfeld fest verwurzelt waren. Reeve Duncan lebte seit 35 Jahren auf Charisma und sah diese Welt längst als seine zweite Heimat an.

Nach knapp einer Stunde zielloser Fahrt durch die City, um eventuelle Verfolger abzuschütteln, hatte er Arthur Konstantin über den rückwärtigen Eingang des

Eastside ins Hotel begleitet. Inzwischen saßen sie bei einem original terranischen Whisky.

„Ich bin überrascht, daß Mercant einen so jungen Mann schickt", stellte Duncan unumwunden fest. „Das geht nicht gegen Sie persönlich, Art, aber Ihre Qualifikation muß dementsprechend hoch sein."

„Ich weiß es selbst nicht", gestand Konstantin schulterzuckend.

„Hatten Sie eine besondere Beziehung zu Wayne Coover?"

„Nein."

„Bestehen einschlägige Erfahrungen im Umgang mit Aras und Springern?"

Art schüttelte den Kopf. Eigentlich wäre es an ihm gewesen, Fragen zu stellen. Statt dessen schien ihm das Heft des Handelns immer mehr aus der Hand zu gleiten.

Aber dann kamen auch Reeve Duncans Überlegungen zu einem Punkt, ab dem sie sich nur noch im Kreis drehten.

„Wayne muß Ungeheuerliches herausgefunden haben", sagte er. „Als ich ihn zum letztenmal sah, zwei Tage vor seinem Tod, sprach er von einer geheimen Station der Akonen und Galaktischen Mediziner."

„Auf Charisma?" fragte Art ungläubig.

„Im Umkreis von einigen Dutzend Lichtjahren. Offenbar hat er im *Nostalgia* davon erfahren."

„Wissen Sie mehr darüber, Reeve?"

„Dann wäre ich wahrscheinlich ebenfalls schon tot."

Arthur Konstantin wirkte plötzlich überaus nachdenklich. „Ich habe also mitten ins Wespennest hineingestochen", sagte er. „Ist uns wirklich niemand gefolgt, Reeve?"

„Zwei Gleiter. Ich konnte beide abhängen."

Art leerte sein noch zu einem Drittel gefülltes Glas in einem Zug und schenkte nach. „Wenn Akonen und Aras zusammenarbeiten, steht das Schlimmste zu befürchten. – Weiß Mercant davon?"

„Vergessen Sie Ihre Selbstzweifel, Art. Mercant arbeitet nach dem Motto, daß er nur dann den größten Erfolg erzielt, wenn er für jede Aufgabe den denkbar besten Mann oder die denkbar beste Frau einsetzt."

„Ich werde dem *Nostalgia* einen zweiten Besuch abstatten", sagte Konstantin entschlossen.

„Lassen Sie mich das übernehmen", bat Reeve Duncan. „Ihr Gesicht dürfte inzwischen unangenehm auffallen."

Art fixierte den Taxifahrer über den Rand seines Glases hinweg.

„Sie hatten genügend Zeit, die nostalgische Bruchbude näher in Augenschein zu nehmen", sagte er. „Wo sind die Ergebnisse?"

„Ich habe keine."

„Warum nicht?"

„Ich wurde angewiesen, vor Ihrem Eintreffen nichts zu unternehmen."

„Von wem kam die Order?"

„Von Mercants Büro."

Art Konstantin begann eine unruhige Wanderung – drei Schritte hin, und drei Schritte zurück, wie ein gefangenes Raubtier im Käfig. Die Frage nach dem Warum quälte ihn. Er ahnte, daß er selbst die Antwort besser kannte als jeder andere. Doch sobald er glaubte, der Lösung nahe zu sein, glitten ihm die Fäden aus der Hand.

Eineinhalb Jahre lag der Schulungseinsatz gegen ein Forschungslabor der Aras zurück. Keine bedeutende Sache damals, eher ein Randgeplänkel und ganz bestimmt ohne jede Nachwirkung.

Vor dem Panoramafenster blieb Art stehen. Sein Blick schweifte zum *Nostalgia* hinüber.

„Ich gebe Ihnen Zeit bis morgen früh zehn Uhr, Reeve", sagte er. „Liegt mir dann noch keine Analyse vor, gehe ich die Dinge auf meine Weise an."

„Ich werde pünktlich sein", versprach Duncan, erhob sich und verließ das Zimmer, ohne sich noch einmal umzuwenden.

In dieser Nacht schlief Arthur Konstantin schlecht. Er hatte Alpträume.

Erst zum Morgen hin fand er mehr Ruhe. Trotzdem endeten seine Träume nicht.

„Gib mir Feuerschutz!"

Wieder war es wie damals. Die Erinnerung vermischte sich mit der Gegenwart.

Konstantin hastete los, ohne die Bestätigung seines Freundes abzuwarten. In der Halle vor ihm stapelten sich Hunderte von Käfigen, in denen ebenso viele verschiedenartige Lebewesen tobten. Vom Kampflärm aufgeschreckt, vollführten sie einen Höllenspektakel. Und irgendwo inmitten dieses Chaos verbargen sich die beiden Aras, die dem Robotkommando entwischt waren.

Arthur hetzte im Zickzack vorwärts. Ein sonnenheißer Glutstrahl verfehlte ihn nur um Haaresbreite und brannte eine Furche in den Stahlboden. Art rettete sich mit einem Sprung zur Seite, rollte sich ab und warf sich hinter dem ersten Käfig in Deckung.

Torrem Mibeck erwiderte das Feuer. Sein Gesicht wirkte wie versteinert. Breitbeinig stand er da, das Urbild eines unerschrockenen Kämpfers. Die schwere Waffe, die er von der Hüfte aus abfeuerte, hatte er einem zerstörten Roboter abgenommen.

Das dumpfe Dröhnen von Explosionen durchlief die Station. Art hoffte, daß sich das Einsatzkommando den Weg freisprengte.

„Unsere Männer kommen!" brüllte er erleichtert. „In ein paar Minuten werden sie die Sperrfelder überwunden haben."

Objekt 367/uw war ein öder Felsbrocken mit einem größten Durchmesser von 28 Kilometern, ein kosmischer Vagabund auf einer Jahrmillionen währenden unregelmäßigen Umlaufbahn um das galaktische Zentrum, Überrest eines vor langer Zeit explodierten Planeten und, wie die Zusatzbezeichnung zur Kennziffer aussagte, uninteressant und wertlos.

Ein Explorer hatte das Objekt schon vor Jahrzehnten aufgespürt, vermessen und katalogisiert. Aber erst vor kurzem – der Zufall hatte dabei mitgewirkt – war einem Archivar der Galaktischen Abwehr aufgefallen, daß 367/uw einem Rendezvous mit dem Kunstplaneten Wanderer entgegenstrebte. Beide Bahndaten waren in einem Punkt identisch.

Das machte 367/uw schlagartig zu einem höchst interessanten Objekt.

Die Feststellung, daß mittlerweile auch die Aras auf den vagabundierenden Felsbrocken aufmerksam geworden waren, alarmierte die Abwehr. Was wußten die Galaktischen Mediziner von Wanderer, und was von der Unsterblichkeit, die Perry Rhodan und andere führende Persönlichkeiten erhalten hatten?

Mit fliegenden Fingern wechselte Torrem Mibeck das Energiemagazin seines Strahlers aus. Er und Arthur Konstantin, beide noch Kadetten, hatten als Beobachter an dem Kommandounternehmen gegen die Aras teilnehmen sollen. Aber dann waren sie in die Kampfhandlungen verwickelt und von den anderen getrennt worden.

Art warf einen kurzen Blick zu Torrem hinüber. Der Freund suchte die Galerie ab, von wo aus jeden Moment erneut das Feuer eröffnet werden konnte.

Etwas Weiches, Glitschiges tastete über seinen Nacken, er wollte es abstreifen, fühlte sich aber unvermittelt gepackt und mit unwiderstehlicher Gewalt zurückgezerrt.

Ein Teil des Energiefelds, das die Käfigwandung hinter ihm bildete, war ausgefallen. Mit Saugnäpfen bewehrte Tentakel umschlangen Arts Arme und rissen ihm den Strahler aus der Hand. Ein kantiger Schnabel öffnete und schloß sich knackend, und die Waffe zersplitterte. Art Konstantin erschauderte bei der Vorstellung, daß er das nächste Opfer des monströsen Geschöpfes sein würde. Ungeachtet der knisternden Entladungen, die eine Berührung mit der Käfigenergie verursachte, griffen bereits weitere Tentakel nach ihm.

„Torrem!“ brüllte Art. „Hilf mir!“

Mibeck reagierte nicht. Hatte er den Schrei nicht gehört?

„Torrem!“

Warum zögerte er?

„Hilfe!“ brüllte Art mit sich überschlagender Stimme. Der Anblick des mächtigen Schnabels nur noch eine Handbreit vor seinem Gesicht jagte ihm eisige Schauder über den Rücken.

Endlich – eine Ewigkeit schien inzwischen vergangen zu sein – wandte sich Torrem um. Er hob den Strahler, ließ ihn aber sofort wieder sinken.

Wenn Torrem das Vieh nicht trifft, dann schafft es keiner, schoß es Konstantin durch den Kopf.

Lag da ein spöttisches Grinsen um die Mundwinkel des Freundes? Sekundenlang sah es so aus, als bereite ihm Arts ausweglose Situation eine gewisse Genugtuung.

Arthur Konstantin dachte daran, daß Torrem und er sich seit ihrem fünften Lebensjahr kannten, daß sie als Nachbarskinder alles miteinander geteilt hatten. Aber Torrems schulische Leistungen waren immer ein klein wenig hinter den seinen zurückgeblieben. Grund genug für Eifersüchteleien, die in der Tatsache gipfelten, daß sie beide sich in dasselbe Mädchen verliebt hatten.

Aber das eine hatte nichts mit dem anderen zu tun.

Oder doch?

Nach Fäulnis stinkender Atem hüllte Art ein. Er konnte nicht mehr schreien. Sein Herz hämmerte wie rasend gegen die Rippen.

Die Tentakel quetschten ihm die Luft aus der Lunge. Vor seinen Augen tanzten wogende Schleier, und wie durch einen dichter werdenden Nebel hindurch sah er Torrem, der immer noch zögerte. Fürchtete er, daß ein

Strahlschuß nicht nur das Tier töten würde, sondern auch Art schwer verletzen könnte?

Mit schwindenden Sinnen hörte Arthur Konstantin Stimmen. Fast gleichzeitig explodierte sonnenhelle Glut neben ihm. Die sengende Hitze raubte ihm die Besinnung.

Als er Minuten später wieder zu sich kam, lag er auf einer Antigravtrage, und ein Roboter verabreichte ihm gerade eine Hochdruckinjektion.

Torrem Mibeck stand neben ihm und bedachte ihn mit sorgenvollem Blick.

„Das war knapp, Art", sagte er bedrückt. „Verdammt knapp sogar."

„Torrem hat einen Meisterschuß plaziert", bestätigte einer der Agenten. „Sie verdanken ihm Ihr Leben, Mister Konstantin. Von uns hätte keiner rechtzeitig eingreifen können."

Torrem Mibeck lächelte wortlos. Er wandte sich sogar ab, als Arthur ein gequältes „Danke!" murmelte.

Abrupt setzte sich Arthur Konstantin auf. Verwirrt blinzelte er in die automatisch aufflammende Helligkeit und schüttelte benommen den Kopf, begriff dann aber sehr schnell, daß er nur geträumt hatte.

Es war kurz nach 9:00 Uhr Ortszeit. Art blieb lange unter der kalten Dusche; er genoß die belebende Wirkung der mit Ultraschall versetzten Wasserstrahlen. Anschließend ließ er sich von der Servierautomatik ein an Vitaminen und Ballaststoffen reiches Frühstücksmenu zusammenstellen.

Um 9:45 Uhr dachte er erstmals wieder an Reeve Duncan. Viel Zeit blieb dem Taxifahrer nicht mehr, wollte er den Termin einhalten.

Nur Sekunden später wurde Art aus seinen Überlegungen aufgeschreckt. Ein schwerer Polizeigleiter schwebte vor dem Fenster vorüber und senkte sich in die Tiefe. Das Sirenengeheul durchdrang die schallisolierten Scheiben als leises Wimmern.

Das Fenster ließ sich nicht öffnen, deshalb konnte Art

nur einen Teil der Straße vor dem Hotel überschauen. Trotzdem blieb ihm der große Menschenauflauf nicht verborgen. Roboter begannen, die Schaulustigen zurückzudrängen.

Auf der anderen Straßenseite stand Reeve Duncans Taxi. Wahrscheinlich war er selbst schon im Hotel.

Arthur Konstantin bestätigte der Servierautomatik, daß er das Frühstück beendet hatte. Kurz darauf waren alle Speisenreste abgeräumt.

Duncan ließ lange auf sich warten. Zu lange, fand Art. Seine Vorahnung bestätigte sich, als er Polizeiroboter am Taxi hantieren sah. Galt der Auflauf vor dem *Eastside* Reeve Duncan?

Art zögerte nicht länger, er verließ das Zimmer und schwebte im Antigravlift in die Empfangshalle hinunter. Menschen und einige Außerirdische standen in kleinen Gruppen beieinander und diskutierten. Keiner von ihnen beobachtete ihn, als er eilenden Schrittes die Halle durchmaß und das Hotel verließ.

Ungedämpft schlug der draußen herrschende Lärm über ihm zusammen. Der bodengebundene Individualverkehr hatte sich inzwischen beachtlich angestaut, aber dennoch war die Straße nicht wieder freigegeben.

Ein Medorobot transportierte einen verhüllten menschlichen Körper ab.

„Erschossen . . .“, hörte Art eine Frau sagen, „ . . . als er das *Eastside* betreten wollte.“

Ihm war klar, daß nur Reeve Duncan das Opfer sein konnte. Und die Motive für den Mord lagen auf der Hand. Reeve hatte seine Nase zu tief in Dinge gesteckt, die ihn nichts angingen.

„Sind Sie Zeuge des Verbrechens, Mister?“

Ein etwas mehr als dreißig Zentimeter durchmessender kugelförmiger Robot schwebte urplötzlich vor ihm und richtete ein halbes Dutzend Sinnestentakel auf ihn.

„Nein“, erwiderte Art wahrheitsgemäß. „Was ist überhaupt geschehen?“

Der Roboter reagierte nicht auf die Frage. Statt dessen forderte er ihn auf, seine ID-Karte vorzuzeigen. „. . . selbstverständlich werden Ihre Personaldaten in spätestens drei Tagen wieder gelöscht. Die Sicherheitsbehörden sind jedoch verpflichtet, alles zur Aufklärung des Verbrechens Notwendige zu veranlassen . . .“

Art blieb keine andere Wahl, als der Bitte nachzukommen. Seine Identifikation war unverfänglich. Selbst die oberste planetare Sicherheitsbehörde würde keinen Rückschluß auf seine Agententätigkeit ziehen können.

Inzwischen waren drei solcher Robotermittler im Einsatz. Duncans Leichnam wurde abtransportiert und sein Taxi mit einem Prallfeld gesichert. Ob sich in dem Fahrzeug Hinweise fanden, wagte Art zu bezweifeln. Reeve war auf dem Weg zu ihm gewesen, um ihm mündlich zu berichten.

Arthur Konstantin wußte, daß ihm kein besseres Schicksal drohte als Duncan. Selbst im *Eastside* war er nicht mehr sicher. Reeves Mörder, die vermutlich auch Wayne Coover auf dem Gewissen hatten, konnten jederzeit wieder zuschlagen.

„Ich reise ab“, erklärte Art dem Portier und übergab seinen Kreditchip für die Bezahlung der Rechnung.

„Hoffentlich hatten Sie einen angenehmen Aufenthalt, Mister Konstantin. Dann empfehlen Sie bitte das *Eastside* Ihren Freunden und Bekannten. Bei weiteren Übernachtungen innerhalb eines Standardjahres in Häusern der *Eastside-Kette* erhalten Sie zehn Prozent Rabatt. Eine Liste aller Hotels . . .“

„. . . liegt mir vor“, erwiderte Art.

„Während der Nacht wurde etwas für Sie deponiert, Mister Konstantin.“

Ein kleiner, etwa drei mal drei Zentimeter messender würfelförmiger Gegenstand schwebte, von einem Traktorfeld gehalten, auf Art zu. Sinnigerweise handelte es sich um eines der elektronischen Tagebücher, die Konstantin in seiner Eigenschaft als Handelsvertreter als Muster mit sich führte.

„Warum habe ich den Speicher nicht sofort erhalten? Und wer hat ihn abgegeben?“

„Ich bedauere, aber der Herr war kein Gast des Hauses. Außerdem bat er ausdrücklich darum, Sie nicht zu wecken. Die Nachricht sei nur für den Fall eines Falles, sagte er, und Sie wüßten schon, warum.“

Art hatte es daraufhin eilig, einen Ort aufzusuchen, an dem er ungestört sein konnte.

Das Tagebuch war kodiert, ein Zugriff auf die gespeicherten Daten nicht möglich. Mehrere Versuche mit verschiedenen Paßwörtern blieben erfolglos.

Erst als er den Namen *Allan D. Mercant* eingab, erzielte er eine Reaktion.

„Sie haben einen Nebenspeicher geöffnet“, sagte das Tagebuch mit freundlich modulierter Stimme. „Um die für Sie bestimmte Nachricht abzuhören, ist ein zweites Kennwort erforderlich. Erinnern Sie sich an Ihre Kadettenzeit . . .“

„Mibeck!“ platzte Arthur Konstantin spontan heraus. Einfach nur so, ohne nachzudenken.

Das Tagebuch schaltete auf Wiedergabefunktion. Diesmal erklang keine Kunststimme, sondern Reeve Duncan sprach persönlich zu ihm. Auch sein Konterfei wurde in einem winzigen Hologramm sichtbar.

„Ich wähle diesen Weg, Art, weil ich nicht weiß, ob es für mich noch einen neuen Morgen gibt. Wir haben die Gegenseite unterschätzt.

Wenn Sie erfahren wollen, welchen Machenschaften Wayne Coover auf der Spur war, begeben Sie sich heute Mittag in den Venuspark. Die Arranda wird Ihnen den Weg weisen.“

Das war alles. Mehr als die Nachricht interessierte Arthur Konstantin die Frage, wieso Duncan ausgerechnet den Familiennamen seines früheren Freundes Torrem

Mibeck als Kodewort gewählt hatte. An einen Zufall glaubte er nicht.

Hatte Torrem mit den Geschehnissen zu tun?

Mit einer unwilligen Handbewegung wischte Art alle diesbezüglichen Überlegungen beiseite. Torrem Mibeck war auf die Strafwelt If geschickt worden, er hatte eine Abschrift des Urteils selbst gelesen.

Jedenfalls war Duncans Notiz die einzige Spur, der er momentan nachgehen konnte, und eine sehr vielversprechende dazu.

Art orderte ein Fach zur Gepäckaufbewahrung, zahlte zehn Solar für zwei Tage im voraus und verließ das *Eastside* durch den rückwärtigen Ausgang. Ziellos schlenderte er zwei Seitenstraßen entlang, und erst als er sicher war, daß niemand ihm folgte, schlug er eine schnellere Gangart an. Wenig später bestieg er ein Gleitertaxi und nannte dem Fahrer den Venuspark als Ziel.

„Sie sind zum erstenmal auf Charisma?“ fragte der Mann frei heraus. „Dann sollten Sie wissen, daß der Park um diese Jahreszeit keine Attraktion bietet. Sie werden dort kaum jemanden antreffen, von einigen Verrückten abgesehen.“

Art nickte knapp. Nun war eindeutig geklärt, zu welcher Kategorie Mensch er sich zu zählen hatte. Diese Einstufung drückte sich dann auch in der nicht gerade üppigen Höhe des Trinkgeldes aus.

Der Venuspark erwies sich als weitgestreckte Anlage halbtransparenter Kuppeln, von denen jede mehrere Hektar Fläche umfaßte und die Umweltbedingungen fremder Planeten simulierte. Die Besucherinfos wiesen achtzehn verschiedene Sphären aus, angefangen von den extremen Wüsten des Begleiters eines weißen Zwerges über nahezu irdische Bedingungen bis hin zum venusianischen Dschungel, dem die Namensgebung des Parks zuzuschreiben war. Die ersten Siedler auf Charisma waren von der Venus eingewandert, was eigentlich alles erklärte.

Um jede der Kuppeln zu inspizieren, hätte Arthur Konstantin trotz der zwischen ihnen verkehrenden Antigravbahn Tage benötigt. Da es inzwischen mit Riesenschritten auf den Mittag zuging, entschied er sich, an Ort und Stelle zu warten. Arranda war ein weiblicher Vorname; die Frau würde ihn bestimmt zu finden wissen.

Er blieb jedoch der einzige Besucher. Offenbar gab es auf Charisma zur Zeit andere Sehenswürdigkeiten.

Art holte sich aus einem Automaten einen Mikrofilm mit der Beschreibung des Venusparks. Gleich daneben waren Lesegeräte installiert, deren Benutzung ebenfalls fünf Solar kostete. Geschäftstüchtig waren die Planetarier, das mußten ihnen der Neid lassen.

Ziemlich schnell stieß Arthur Konstantin bei seiner Lektüre auf einen eindeutigen Hinweis.

Arranda, las er, *im Venusdschungel heimischer Orchideenbaum mit geringer Wuchskraft. Die dickstämmige Pflanze wird bis zu zwei Meter hoch, erreicht dieses Maß jedoch erst nach rund fünfzig Standardjahren. Schon geringe Verletzungen des Stammes führen zum raschen Absterben.*

Neuere Untersuchungen haben ergeben, daß die nährstoffreiche Pflanze als sogenannter Psi-Emittent einzustufen ist. Eine im Gefahrenfall starke suggestive Ausstrahlung hält Tiere von den farbenprächtigen Blütendolden fern. Die Wirksamkeit konnte inzwischen sogar beim pflanzenfressenden Brontosaurus eindeutig nachgewiesen werden.

„Arranda", murmelte Art gedankenverloren und lauschte dem Klang des Namens. Vielleicht hatte Duncan kein Treffen mit einer dritten Person arrangiert, sondern ihn nur auf die Pflanze hinweisen wollen, was immer er damit bezweckte.

Es war jetzt kurz nach Mittag.

Suggestive Kräfte . . . Arthur Konstantin konnte sich

verdammt gut vorstellen, daß kriminelle Elemente bei einer solchen Aussage hellhörig wurden. Falls es gelang, Menschen ohne Anwendung technischer Hilfsmittel in ihren Entscheidungen zu beeinflussen . . .

Art brachte den Gedanken nicht zu Ende. Plötzlich hatte er es eilig. Er benutzte einen der Antigravwagen und betrat schon Minuten später durch eine Druckschleuse eine andere Welt.

Die Venus war eine junge urzeitliche Welt mit großen Wasserreservoiren, hoher Luftfeuchtigkeit und zahllosen tätigen Vulkanen, aber trotz des hohen Kohlendioxidgehalts atembarer Atmosphäre. Die mittlere Temperatur schwankte um die 50 Grad Celsius. Gigantische Urwälder prägten das Bild des Planeten.

Ein perfektes Leitsystem führte den Besucher der Kuppel über energetisch gesicherte Pfade durch die ungeheure Pflanzenvielfalt, ohne daß ihm richtig bewußt wurde, daß er sich von ausgeklügelten Mechanismen leiten ließ. Arthur Konstantin erging es nicht viel anders, allerdings programmierte er schon an der ersten Info-Nische die Arranda-Orchidee als sein Ziel.

Kurz darauf stand er vor einem Dickicht gelb und rot blühender armdicker Stämme. Die tellergroßen Blüten verströmten einen intensiven Duft, und sie zuckten schon bei der kleinsten Berührung heftig zusammen. Ob sich die Pflanzen suggestiv gegen ihn zur Wehr setzten, konnte Art seiner Mentalstabilisierung wegen nicht feststellen.

Urplötzlich schlossen sich die Blüten. Arthur Konstantin reagierte ebenso schnell und suchte hinter einer Art Schraubenpalme Deckung.

Keine Sekunde zu früh. Ein Roboter schwebte heran. Die kastenförmige Maschine war auf Gärtnerarbeiten spezialisiert. Eine Vielzahl biegsamer Tentakel umfaßte die Arranda-Orchideen, dann durchtrennte ein Desintegratorstrahl die Stämme in halber Höhe. Der Kahlschlag war umfassend. Mit einem riesigen Blütenstrauß beladen, entfernte sich der Roboter wieder.

Die Pflanzen waren wertlos geworden.

Während Art noch zögerte, begannen die gekappten Stämme auszutreiben. Allerhöchstens zwei Minuten vergingen, bis sich neue Blütenknospen bildeten, die im Zeitraffertempo aufbrachen und sich entfalteten.

Waren die Besucherinformationen falsch, die die rasche Vergänglichkeit der Arranda-Orchideen beschrieben? Art wußte es nicht. Fasziniert betrachtete er die entstehende Blütenpracht.

„Ihr Interesse an den Pflanzen ist bemerkenswert, Mister Konstantin", sagte eine rauhe Stimme hinter ihm.

Er fuhr auf dem Absatz herum und verwünschte gleichzeitig seine Unvorsichtigkeit. Natürlich hätte er immer noch damit rechnen müssen, verfolgt zu werden.

„Wer sind Sie?" fragte er in die Wildnis hinein. Niemand zeigte sich.

„Hoffen Sie wirklich auf eine Antwort?"

Die Stimme klang ziemlich nahe. Wahrscheinlich stand der Sprecher linkerhand bei der Baumgruppe.

Arthur Konstantin suchte erneut hinter der Schraubenpalme Deckung. Den Kombistrahler in der Hand, wartete er darauf, daß sich der Unsichtbare endlich zeigte.

Aber nur ein heiseres Lachen erklang.

„Was hat die Galaktische Abwehr wirklich herausgefunden? Glauben Sie, alles zu wissen, Mister Konstantin?"

Art schwieg. Er versuchte, seinen Standort zu wechseln. Aber das Pflanzendickicht war schier undurchdringlich.

„Sie haben keine Chance. Warum sehen Sie das nicht endlich ein?"

Hatte der Gegner Robotkameras eingesetzt? Arthur gab sich keinen Illusionen hin. Selbst falls es ihm gelang, die Kuppel lebend zu verlassen, warteten draußen bestimmt weitere Männer der Gegenseite.

Sie züchteten die Arranda-Orchidee auf Charisma, weil es ihnen unmöglich war, ins Solsystem einzudringen.

Diese Folgerung hatte nur einen entscheidenden Schönheitsfehler: Es wäre leicht gewesen, Tausende dieser Orchideen unter der Kuppel großzuziehen. Daß es nur einige Dutzend Stämme waren, sprach eher gegen die Annahme.

„Die Arranda ist nur ein Aspekt Ihrer verbrecherischen Aktivitäten!" rief Art.

„Und wenn dem so wäre?"

Arthur Konstantin feuerte den Paralysator in die Richtung ab, aus der die Stimme erklang.

„Sie sind ein miserabler Schütze", sagte jemand unmittelbar hinter ihm.

Zum zweitenmal wirbelte Art herum. Doch diesmal vollendete er die Drehung nicht. Die volle Ladung eines Paralysatorschusses erwischte ihn und lähmte sein peripheres Nervensystem.

Arthur Konstantin konnte noch hören, sehen und denken, aber er war unfähig zur kleinsten Regung.

3.

Art wurde in einem Kühlcontainer, der normalerweise dem Transport von Pflanzen diente, aus der Kuppel geschafft. Die Luft im Inneren des Behälters war stickig und kaum zu atmen.

Er fühlte sich lebendig begraben. Die Ähnlichkeit des Containers mit einem Sarg war frappierend.

Immerhin hatten ihn die Kerle nicht sofort getötet. Das gab ihm Grund für die Hoffnung, daß er auch die kommenden Stunden einigermaßen unbeschadet überstehen würde. Zumindest solange die Paralyse anhielt.

Den Erschütterungen und der Geräuschkulisse nach zu schließen, wurde er auf einen Transporter verladen. Art hörte Stimmen, verstand aber nicht, was sie sagten.

Dann war eine Weile nichts mehr. Die verstreichende Zeit zu schützen, fiel ihm in seinem Zustand schwer.

Irgendwann wurde der Container wieder angehoben und abgestellt.

„Schickt ihn in die Hauptstation!“ erklang eine befehlsgewohnte Stimme. „Wir müssen herausfinden, was er wirklich weiß.“

Jemand widersprach: „Uns sind momentan die Hände gebunden. Die Justierung weist seit einer Stunde Rotwerte aus.“

„Ist die Ursache bekannt?“

„Wahrscheinlich die Interferenzen eines Hypersturms im Zielgebiet. Die Aras haben für ihre Tests einen unruhigen Sektor ausgewählt.“

Gewährte ihm das Schicksal eine Galgenfrist? Unter Aufbietung aller Willenskraft versuchte Arthur Konstantin, die Muskeln anzuspannen. Er schaffte es nicht. Noch saß die Lähmung zu tief.

Nach einer Weile brach ihm der Schweiß aus allen Poren.

Kurz darauf hatte er das Gefühl, in der qualvollen Enge ersticken zu müssen.

Beides waren erste Anzeichen dafür, daß die Paralyse abzuklingen begann.

Endlich konnte er die Finger wieder bewegen – ein winziges Stück zwar nur, aber immerhin. Die Hoffnung beflügelte ihn von neuem.

Den anhaltenden Geräuschen nach zu schließen, befand er sich in einer größeren Halle, vermutlich einer Transmitterstation. Solche Anlagen waren der planetaren Regierung unterstellt. Wenn der Transmitter trotzdem für die Zwecke einer kriminellen Organisation genutzt wurde, war das nur mit Hilfe der leitenden Angestellten möglich.

Endlich schaffte es Arthur Konstantin, die Hände zu Fäusten zu ballen. Kurz darauf konnte er die Arme wieder anheben. Gleichzeitig spürte er die Kälte des Kühlaggregats, die wie mit Nadeln in sein Fleisch stach. Und sein Rücken schmerzte von der unbequemen Lage.

Er biß die Zähne zusammen und arbeitete weiter an sich. Sobald jemand den Container öffnete, wollte er nicht mehr wehrlos sein. Die Waffe hatten ihm die Kerle abgenommen, er war also einzig und allein auf seine Fäuste und das Überraschungsmoment angewiesen.

Ein Traktorstrahl hob den Container an. Jetzt wußte Art, daß er sich auf das fünfdimensionale Transportfeld zu bewegte.

Er konzentrierte sich auf den bevorstehenden Entzerrungsschmerz. Beim Durchdringen des Transportfeldes wurde Materie in Nullzeit atomar zerlegt, als reine fünfdimensionale Energie in den Hyperraum emittiert und von der Gegenstation gleichzeitig wieder atomar zusammengesetzt. Das dabei auftretende körperliche Unbehagen ließ durchaus Rückschlüsse auf die zurückgelegte Distanz zu.

Arthur Konstantin wartete. Die Zeit schien stillzustehen.

Endlich erfolgte der Transmitterdurchgang. Das Gefühl, in heißes Wasser getaucht, aber auch sofort wieder herausgezogen zu werden, verdrängte vorübergehend jede andere Empfindung.

Der Schmerz war nicht übermäßig stark. Art schloß daraus, daß er höchstens vierzig bis fünfzig Lichtjahre von Charisma entfernt materialisiert war.

Mit einem sanften Ruck setzte der Container auf. Dann war nichts mehr.

Totenstille herrschte. Niemand kam, um den Gefangenen in Empfang zu nehmen.

Vorsichtig stemmte Art sich gegen den Deckel des Containers. Erst als er den Druck verstärkte, spürte er, daß der Magnetverschluß nachgab.

Durch den gerade eine Handbreit geöffneten Spalt fiel helles Kunstlicht. Art blinzelte geblendet, Tränen schossen ihm in die Augen.

Immer noch blieb ringsum alles ruhig.

Art schwenkte den Deckel vollends zur Seite und

richtete sich auf. Eine Woge der Übelkeit durchpulste seinen Körper, ein letztes Andenken an die Paralyse; er stand noch ein wenig wacklig auf den Beinen.

Das Transmitterfeld war erloschen. Abgesehen von den fremdartigen Schriftzeichen hätte die Anlage auf Terra ebenso wie auf den vielen Siedlungswelten stehen können. Als Agent der Galaktischen Abwehr hatte Arthur Konstantin Fremdsprachen in Hypnoschulung erlernt. Deshalb erkannte er die Symbolschrift der Aras sofort.

Weniger leicht war die Frage zu beantworten, weshalb er nach wie vor unbehelligt blieb. Hatte die Gegenseite vergessen, daß es ihn gab?

Arthur Konstantin zog sich vorsichtig aus der Nähe des Transmitters zurück.

Die Halle durchmaß nicht mehr als zweihundert Meter, eine Kuppel aus blau schimmerndem Arkonstahl bildete die Außenwand. Vielleicht lag die Station auf dem Meeresgrund. Auch die Oberfläche eines lebensfeindlichen Planeten zog Konstantin in Erwägung. Dann wäre plausibel gewesen, warum er so offensichtlich vernachlässigt wurde. Ohne Schutzanzog bot sich ihm keine Möglichkeit zur Flucht.

Zwei Wartungsroboter schwebten heran. Es waren einfache Maschinen, deren Intelligenz gerade ausreichte, die ihnen zugewiesenen Arbeiten sorgfältig zu erledigen. Für darüber hinausgehende Denkprozesse waren sie nicht geschaffen worden.

Sie ignorierten Art, weil er nicht in ihr vorgegebenes Verhaltensmuster paßte, und begannen mit Messungen an den Transmittersäulen.

Etwas war schiefgelaufen, das spürte der Terraner immer deutlicher. Er hatte den Eindruck, daß er gar nicht erwartet worden war – zumindest nicht in der Station, in der er sich befand. Vielleicht waren die Auswirkungen des Hypersturms ursächlich für einen Fehlsprung. Er wußte es nicht und hatte auch nicht die Absicht, sich darüber den Kopf zu zerbrechen. Nur wer die Dinge zu nehmen verstand, wie sie waren, hatte die Aussicht, das Beste aus ihnen zu machen.

Arthur Konstantin achtete nicht länger auf die Arbeitsroboter. Ein Großteil der Halle war vollgestopft mit Aggregaten, die der Energieerzeugung und dem Aufbau von Schirmfeldern dienten. Darüber hinaus gab es einige kleine Kammern, die den Eindruck von Wohnräumen erweckten, zumindest momentan aber nicht bewohnt waren.

Das einzig wirklich Interessante war die Bildschirmwand, die Art nahe der Außenschleuse entdeckte. Es bedurfte nur weniger Handgriffe, die Optiken zu aktivieren.

Die Monitoren zeigten eine Welt unter flirrender Hitze. Eine von Wanderdünen geprägte Wüste erstreckte sich rings um die Station – keine besonders einladend wirkende Landschaft. Die wenigen knorrigen Pflanzen, die meist in Gruppen aus dem Sand ragten, wirkten wie die ausgebleichten Skelette verdursteter Riesen. Schatten spendeten sie nicht, und falls sie in ihrem Innern Flüssigkeit speicherten, dann wohl nur in geringer Menge.

Lediglich ein schmaler dunkler Streifen am Horizont verhieß Gebirge oder Wald.

„Desert“, murmelte Art im Selbstgespräch. „Wüste. – Das ist der richtige Name für diese Welt.“

Zwei Sonnen standen im Zenit. Die eine groß und blau, die andere fast schon ein weißer Zwerg. Sie standen mindestens zehn Bogengrade weit auseinander, und ein blaues, weit geschwungenes Band hing wie eine Nabelschnur zwischen ihnen. Der Zwerg zehrte seinen Begleiter aus, indem er wegen seiner höheren Schwerkraft unaufhörlich Materie an sich riß. Ein Schauspiel wie dieses war in der Galaxis wohl einmalig. Art fragte sich, wieso die Aras ausgerechnet eine so auffällige Welt für den Bau ihres Stützpunkts gewählt hatten. Desert mußte schon Besonderes zu bieten haben.

Beinahe hätte er den Gleiter übersehen, der sich dicht über den Dünenkämmen der Station näherte. Das Fahrzeug war schneller, als ihm lieb sein konnte, und es dockte außen an der Kuppel an.

Aras?

Art verwünschte den Umstand, daß er nach wie vor waffenlos war.

Zwei Roboter entstiegen dem Gleiter. Einen Moment lang fürchtete der Terraner, daß es sich um Kampfmaschinen handelte, aber dann erkannte er, daß die Roboter lediglich einer humanoiden Baureihe entstammten und unbewaffnet waren.

Beide Maschinen betraten die Schleuse. Bis das Innenschott aufglitt, hatte Arthur seinen Platz vor den Monitoren bereits verlassen. Nichts verriet seine Anwesenheit.

Aus einiger Distanz beobachtete er, daß die Maschinen eigene Speicherdaten auf die Zentraleinheit übertrugen.

Es war nur eine Frage der Zeit, bis die Gegenseite seinen Aufenthaltsort ausfindig machte. Bis dahin mußte er die Station verlassen haben. Andererseits konnte er die Schleuse nicht mehr erreichen, ohne von den Robotern bemerkt zu werden.

Angestrengt suchte Art nach einer Möglichkeit, die Maschinen auszuschalten. Ohne eine brauchbare Waffe hatte er nur denkbar geringe Aussichten, mit heiler Haut davonzukommen.

Doch es gab subtilere Methoden, eine Auseinandersetzung zu entscheiden.

Nur derjenige, dem gute Argumente fehlen, legt den Finger auf den Abzug seines Strahlers. – Das war einer der Sätze, die ihm seit der Kadettenzeit am besten im Gedächtnis hafteten. Eine Weltanschauung drückte sich darin aus.

Mit physischer Gewalt konnte er den Robotern wenig anhaben. Flüchtig dachte er an die Energiespeicher des Transmitters, verwarf diese Überlegung aber sofort wieder, weil ein spontanes Freisetzen der Hyperenergie nicht nur die beiden Roboter, sondern mit ihnen die gesamte Station vernichtet hätte, ihn selbst eingeschlossen.

Die Speicherbänke, die der Versorgung der Kuppel dienten, waren ausreichend.

Suchend blickte Arthur Konstantin um sich. Falls die betreffenden Speicherzellen auf der anderen Seite der Halle standen, hatte er kaum eine Chance, sie unbemerkt zu erreichen. Doch das Glück blieb ihm treu. Keine zehn Meter von seinem momentanen Versteck entfernt, entdeckte er die typischen Kühlschlangen eines Speicherblocks.

Sein Plan nahm Gestalt an. Vor allem mußte er schnell handeln und durfte nicht darauf vertrauen, daß die Roboter längere Zeit bei der Zentraleinheit verharrten. Andererseits würde ihn ein einziger Fehler schneller in ein Häufchen Asche verwandeln, als er denken konnte.

Er riß sich die Fingerkuppen blutig beim Versuch, die Frontverkleidung des Aggregats abzunehmen. Irgendwie schaffte er es dann sogar, die schwere Platte lautlos abzustellen.

Die Wartungsöffnung lag nun vor ihm. Aber Art war kein Techniker, der mit schlafwandlerischer Sicherheit die richtigen Handgriffe ausführte. Der Schweiß brach ihm in Strömen aus, als er nacheinander mit bloßen Fingern vier Sicherungen löste. Erst dann war ihm der Zugriff auf das Ende des schenkeldicken Kabels möglich, das unter dem Hallenboden zum Konverter führte.

Die Steckverbindungen waren farbig gekennzeichnet. Art schickte ein Stoßgebet zum Himmel. Falls er mit den falschen Sensoren begann ...

Das schwarze Relais. Ein Ruck – der Kontakt löste sich, doch nichts geschah.

Allmählich breitete sich beißender Ozongeruch aus. Art atmete nur noch flach, seine Augen tränten, aber er hielt nicht eine Sekunde lang inne.

Das vorletzte Relais blockierte. Er griff fester zu. Ein

Funkenregen sprang ihm entgegen und ließ ihn schier erstarren, zugleich erlosch im hinteren Bereich der Halle die Beleuchtung.

Mit aller Kraft zerrte Art an dem Kabel. Neununddreißig Pole lagen blank. Wenn er einen davon berührte, brauchte er sich um die Zukunft nicht mehr zu sorgen.

Das Kabelbündel hatte ausreichendes Spiel. Er zog es weit aus der Öffnung und setzte von unten her die Frontplatte wieder ein. Es bedurfte nur einer geringen Erschütterung, die Platte wegkippen zu lassen.

Zwangsläufig waren inzwischen nicht nur partiell die Beleuchtung, sondern auch andere Energieverbraucher ausgefallen. Der Reparaturrobot schwebte heran.

Arthur Konstantin zerbiß eine Verwünschung zwischen den Zähnen. Das Nächstliegende hatte er übersehen.

„Hau ab!" zischte er wütend, griff nach zwei Tentakeln und zerrte mit aller Kraft an ihnen. Der Antigrav widerstand seinen Bemühungen, aber erstmals wandte ihm die Maschine ihre Aufmerksamkeit zu. Die Zahl der auf dem Sehzellenband entstehenden Lichtreflexe vervielfachte sich.

Art rammte einige der dreißig Zentimeter langen Schrauben, die das Kabel fixiert hatten, in die Optik. Prompt wurde die Fluglage des Reparateurs instabil. Ein helles Summen ausstoßend, torkelte er davon – den beiden humanoiden Robotern entgegen, die er wohl schon über Funk alarmiert hatte.

Art zwang sich zur Ruhr und schaute den Maschinen erwartungsvoll entgegen. Nicht einen Moment lang bezweifelte er, daß sein Vorhaben gelingen würde. Die Roboter trugen nach wie vor keine Waffen.

„Identifiziere dich!" wurde er aufgefordert.

„Ich . . .?"

„Siehst du ein anderes lebendes Wesen?"

Art schüttelte den Kopf – eine Geste, die der Roboter offensichtlich nicht verstand.

„Identifiziere dich!“ wiederholte der zweite Blechgeselle.

„Ich wurde von Charisma losgeschickt . . .“

„Ungenügend!“

„. . . mit einer Ladung Arranda-Orchideen.“

„Wozu?“

Der eine Roboter stand jetzt unmittelbar neben der schräg eingesetzten Platte. Sein Blick streifte das Kabel.

Arthur Konstantin warf die beiden letzten Schrauben, die er eingesteckt hatte. Klirrend prallten sie auf die Metallplatte, diese löste sich und kippte vornüber. Auch das Kabel folgte den Gesetzen der Schwerkraft.

Der Roboter fing die Platte auf, kaum daß sie waagerecht in der Luft hing. Den Kabelstrang konnte er aber gerade deshalb nicht mehr erreichen.

Sekundenbruchteile später entstand ein gigantischer Lichtbogen zwischen den Aggregaten. Die Berührung der blanken Kabelenden mit der Platte wirkte wie die Explosion einer Granate. Der grellen Lichtflut folgten schier ohrenbetäubender Donner und eine heftige Druckwelle.

Obwohl Arthur Konstantin darauf gefaßt gewesen war, fand er sich plötzlich am anderen Ende des schmalen Ganges wieder. Das war sein Glück. Denn wo er eben noch gestanden hatte, loderte ein Flammenmeer.

Ein Roboter glich einem brennenden Stahlskelett, den anderen hüllte dichter schwarzer Rauch ein. Art vermutete, daß er, wenn schon nicht zerstört, so doch zumindest schwer beschädigt war.

Unaufhörlich zuckten grelle Entladungen auf, begleitet von einem lauter werdenden Prasseln. Die erste Explosion hatte eine Kettenreaktion ausgelöst.

Art floh vor dem sich ausbreitenden Chaos. Die Luft wurde bereits siedendheiß. Und die Temperatur stieg weiter an. Schon in den nächsten Minuten würde sie für einen Menschen unerträglich sein.

Das Schott ließ sich nicht öffnen. Konstantin griff zum

Notmechanismus. Als er das festsitzende Rad zu drehen begann, konnte er kaum noch atmen.

Zögernd schwang das Schott auf. Art zwängte sich hindurch, kaum daß die Öffnung groß genug war.

Das Außenschott widerstand seinen Bemühungen weniger hartnäckig. Und dann – endlich – stand er unter freiem Himmel.

Ein heißer Wind wehte ihm entgegen. Er merkte es nicht. Selbst die flirrende Hitze über der Wüste war kühl im Vergleich zu den immer noch steigenden Temperaturen unter der Arkonit-Kuppel.

Bis halb zu den Knien versank der Terraner im lockeren Sand, den der Wind vor der Station angehäuft hatte. Zum Glück mußte er nicht weit gehen.

Der Gleiter, den die Roboter benutzt hatten, war nicht gesichert. Art schwang sich hinter die Kontrollen, aber noch ehe er das Prallfeld aktivierte, rief er die Memo-Funktion ab.

Der dunkle Streifen am Horizont war Dschungelgebiet.

„Wird schon gutgehen", murmelte Art im Selbstgespräch. „Bis jetzt kann ich nicht klagen."

Das änderte sich jedoch schlagartig, als er den Gleiter langsam beschleunigte. Vor der Kuppel, keine dreißig Meter entfernt, stand eine Schreckensgestalt. Art mußte zweimal hinsehen, bevor er erkannte, daß er einen der Roboter vor sich hatte.

Daß der Maschinenmensch überhaupt noch funktionierte, grenzte an ein Wunder. Seine linke Körperhälfte war ein geschmolzener und bizarr erstarrter Metallklumpen, an dem die Überreste des Armes wie ein nicht mehr dazugehörendes Anhängsel wirkten. Der Kopf hing vornübergeneigt zwischen den schrägen Schultern.

Daß dieses Wrack nicht nur durch den Sand auf den Gleiter zu torkelte, sondern mit der scheinbar noch voll funktionsfähigen rechten Greifhand einen

Thermoblaster in Anschlag brachte, war noch unbegreiflicher.

Der erste Schuß ging fehl und verwandelte ein Stück Wüstensand in glühende Schlacke.

Arthur Konstantin beschleunigte den Gleiter mit Höchstwerten. Eine gewaltige Sandfontäne hinter sich herziehend, raste er die nächste Düne hinauf.

Ein harter Schlag traf die Maschine. Winzige Flammen huschten wie Elmsfeuer an den Holmen der Kabinenverglasung entlang. Gleich darauf breitete sich der Gestank von verschmorten Isolationen aus. Art hatte da aber bereits alle Hände voll zu tun, um das Prallfeld zu stabilisieren.

Der Thermoschuß hatte die rückwärtige Verkleidung abgerissen und das Triebwerk beschädigt. Nur mehr mit halber Geschwindigkeit zuckelte der Gleiter über den Sand dahin. Dennoch hätte es weitaus schlimmer kommen können.

Während der nächsten Minuten blieb die Geschwindigkeit konstant. Die wenigen noch funktionierenden Kontrollen zeigten allerdings Feuer im Heck an.

Sieben oder acht Kilometer legte Art zurück, bevor das Triebwerk den Geist aufgab. Er versuchte gar nicht erst, es zu reparieren. Das nahezu kreisrunde Loch mit den geschmolzenen und wieder erstarrten Rändern im Heck verriet ihm, daß jeder Versuch nur Zeitverschwendung war.

Ob er wollte oder nicht, er mußte die Wüste zu Fuß durchqueren.

In der Ferne war die Station noch als gleißender Fleck zu erkennen. Die Helligkeit wurde schwächer, je weiter sich die Sonnen dem Abend zu neigten. Irgendwann stellte Arthur fest, daß die Kuppel ganz verschwunden war. Die fahle Silhouette des Dschungels am Horizont rückte indes nur unwesentlich näher.

Arthur Konstantin stellte sich darauf ein, wenigstens eine Nacht in der Wüste verbringen zu müssen. Aber wahrscheinlich wurde die Hitze erträglicher, sobald beide Sonnen untergingen. Am Himmel stand nicht die kleinste Wolke.

Mit dem Abend kam der Sturm. Bald war die Luft erfüllt von feinem, goldgelben Sand, der in dichten Schleiern von den Dünen abwehte.

Anfangs trotzte Arthur Konstantin den Unbilden, riß sein Hemd in Streifen und band sich den Stoff vor Mund und Nase. Aber bald half auch das nicht mehr. Der Sand war einfach überall. Schmerzhaft schmirgelte er die Haut auf.

Art rollte sich im Windschatten einer großen Düne zusammen, um das Abflauen des Sturmes abzuwarten.

Erst als auch die zweite der beiden Sonnen hinter dem Horizont versank und die Nacht hereinbrach, legte sich der Sturm.

Mühsam wühlte sich der Terraner aus dem angehäuften Sand hervor. Jede Bewegung schmerzte, und nur langsam wich das Gefühl, als hätte man ihm bei lebendigem Leib die Haut abgezogen.

Wenige Sterne standen am Firmament, die ihm als Orientierungshilfe dienen konnten. Der ferne Dschungel war nicht einmal mehr zu ahnen.

Trotzdem mußte Arthur Konstantin seinen Weg fortsetzen. Zurück durfte er nicht, und falls die Aras schon nach ihm suchten, hatte er ohnehin nur eine geringe Chance. Viel hing von seiner Schnelligkeit ab. Darüber, was ihn am Ziel erwartete, zerbrach er sich noch nicht den Kopf.

Während der Nacht kühlte die Wüste tatsächlich sehr schnell aus. Die Temperaturen blieben dennoch erträglich.

Der Marsch durch den lockeren Sand wurde zur Tortur. Nur an den Windseiten der Dünen war der Untergrund fest zusammengebacken und wirkte häufig sogar wie zementiert.

Art überwand kaum mehr als zwei Kilometer in der

Stunde. Seine Bewegungen waren bald von einer stumpfsinnigen Monotonie geprägt, die ihm half, mit seinen Kräften hauszuhalten. Der Durst machte sich zunehmend quälender bemerkbar. Arthur fühlte sich wie eine langsam vertrocknende Mumie. Spätestens wenn die Sonnen wieder vom Himmel brannten, würden ihm auch die ersten Halluzinationen zu schaffen machten.

Ein dumpfes Gurgeln erklang.

Art achtete nicht darauf. Möglich, daß eine Düne ins Rutschen geraten war. Solange der Sand ihn verschonte, war es ihm egal.

Im fahlen Sternenlicht konnte er seine Spur einige hundert Schritt weit zurückverfolgen. Von dem ursprünglich geradlinigen Verlauf der Fährte war nichts geblieben. Er torkelte von einer Seite zur anderen. Sichelförmige Dünenkämme trugen nicht gerade dazu bei, die Orientierung zu erleichtern.

Minutenlang war er stehengeblieben. Als er weitergehen wollte, rutschte der Sand unter ihm weg. Sich haltlos überschlagend, rutschte Art einen steilen Hang hinab.

Erst am Fuß der Düne blieb er halb benommen liegen. Er hatte Sand geschluckt, würgte und hustete und glaubte eine Zeitlang, qualvoll ersticken zu müssen. Sein Hals brannte wie Feuer, die Zunge klebte als rauher Fremdkörper am Gaumen.

Er konnte nicht einmal mehr schreien. Lediglich ein heiseres Krächzen kam über seine Lippen, als er sich endlich auf den Ellenbogen hochstemmte und ihn ein skelettierter Totenschädel hämisch angrinste.

Mehr als ein gebleichter Schädel war da nicht. Allerdings stammte er nicht von einem Tier, sondern von einem durchaus menschenähnlichen Wesen, und er führte Art deutlich vor Augen, welches ungnädige Schicksal ihn erwartete.

Auf allen vieren raffte er sich auf und taumelte weiter. Nur beseelt von dem Gedanken an den Dschungel, der ihm inzwischen schon wie das Paradies erschien.

Den Steilhang bemerkte er beinahe zu spät.

Das Loch im Sand war trichterförmig, durchmaß gut vier Meter und war mindestens ebenso tief. Es wirkte zu regelmäßig, als daß es auf natürliche Weise wie den Einbruch eines unterirdischen Hohlraums entstanden sein konnte. Auf den ersten Blick erinnerte es an den Bau eines Ameisenlöwen.

Art dachte an den skelettierten Schädel und wich spontan einige Schritte weit zurück. Bisher hatte er geglaubt, daß die Wüste nur wenigen dürren Pflanzen kargen Lebensraum bot. Daß auf dem Grund des Trichters möglicherweise ein Tier auf Beute lauerte, erfüllte ihn mit Unbehagen.

Arthur schlug einen weiten Bogen um die vermeintliche Fallgrube. Als er dann weiterging, hatte er das unbestimmte Gefühl, beobachtet zu werden. Doch sooft er sich umwandte, war da nichts, was seinen Argwohn bestätigt hätte.

Irgendwann hörte er das dumpfe Gurgeln wieder. Diesmal war er sicher, daß es tief im Sand seinen Ursprung hatte.

War da nicht eine Bewegung? Art blickte genauer hin. Tatsächlich! Keine zwei Meter neben ihm wölbte sich der Sand auf, als wolle ein gerade faustgroßes Etwas ihn von unten her durchstoßen. Und dieser winzige Haufen bewegte sich, huschte zwei, drei Meter weit, ehe er wie auf ein geheimes Kommando hin in sich zusammenfiel.

Ein zweiter Haufen entstand auf der anderen Seite, er bewegte sich, verharrte und kam wieder näher. Arthur wußte nicht, wo das Gefühl herrührte, beobachtet zu werden.

Das Sandhäufchen hielt nur Zentimeter vor seinen Füßen inne. Art bückte sich und packte blitzschnell zu. Seine Finger bohrten sich in eine weiche, zuckende Masse und zerrten sie trotz des stärker werdenden Widerstands aus dem Sand hervor.

Aus dem anhaltenden Gurgeln wurde ein schrilles

Quieken. Der Wüstenboden geriet in Bewegung. Innerhalb von Sekunden entstand ein rasch wachsender Trichter.

Art dachte nicht daran, deshalb loszulassen. Er zerrte eher heftiger an dem Ding, das in seiner Hand wild zu zucken begann.

Der Widerstand endete so abrupt, daß er meterweit rückwärts taumelte und stürzte. Das war sein Glück. Im Zentrum des Trichters schnellte ein von spitzen Zähnen und armlangen dicken Borsten übersätes Maul empor, ein riesiger Kaumuskel, der sich schmatzend weitete und zusammenzog.

Entsetzt warf sich Art herum und floh. Aber der Sand rutschte unter ihm weg und zog ihn unaufhaltsam mit, und je verzweifelter er sich abmühte, desto schneller brach der Sand unter ihm aus.

Das abgerissene Etwas in seiner Hand zuckte immer noch. Art erkannte, daß es sich um ein gallertartiges Auge handelte, ein Mittelding zwischen Facetten und Pupille, und er schleuderte es angewidert hinter sich.

Gierig schmatzend schloß sich der Kaumuskel um den faustgroßen Fleischbrocken. Im nächsten Moment explodierte der Wüstenboden. Jetzt noch Halt zu finden, war unmöglich. Arthur wurde emporgewirbelt, überschlug sich und streckte instinktiv die Arme vor, um den Sturz abzufangen. Aus den Augenwinkeln heraus gewahrte er eine monströse Kreatur, die sich im Zentrum des Trichters aufbäumte, aber ebenso schnell wieder zurückfiel. Das Letzte, was er von dem Tier hörte, war ein unheimliches Gurgeln.

Arthur Konstantin achtete von da an besonders intensiv auf seine nähere Umgebung. Aber nirgendwo zeigte sich auch nur die Andeutung eines im Entstehen begriffenen Trichters oder ein rasch wandernder winziger Hügel, der den Anschein erweckte, als gruben Wühlmäuse ihre Gänge dicht unter der Oberfläche.

Einmal glaubte er, ein fernes Summen wie von einem Gleitertriebwerk zu hören. Aber als er stehenblieb und lauschte, war da nichts mehr.

Die Nacht neigte sich dem Ende entgegen. Im Osten zeigte sich bereits ein fahler blauer Schimmer, der den Aufgang der ersten Sonne ankündete.

Arthur Konstantin schätzte, daß ungefähr die Hälfte der Strecke hinter ihm lag. Er war am Ende seiner Kräfte angelangt, sein Körper schien mittlerweile eine einzige schwärende Wunde zu sein, er hatte Durst, quälenden Durst, der wahrscheinlich bald zu Halluzinationen führte, ihn aber schon jetzt eines ganz sicher wissen ließ, daß er den kommenden Tag nicht überstehen würde.

Anzunehmen, daß er allein einer verbrecherischen Organisation der Galaktischen Mediziner widerstehen konnte, war nicht nur vermessen, sondern überaus töricht gewesen. Die Quittung dafür wurde ihm präsentiert, ohne daß ein Allan D. Mercant jemals erfahren würde, was geschehen war.

Die Sonne ging auf. Ein riesiger blauer Glutball. Der gesamte östliche Horizont schien in Flammen zu stehen.

Aber da war auch ein Widerschein. Winzige Lichter tanzten über den Dünen. Zuerst nur einige Dutzend, doch schon nach wenigen Minuten ging ihre Zahl in die Hunderte.

Sie erinnerten an Irrlichter. Unruhig schwirrten sie durcheinander, ließen sich hauptsächlich vom Wind treiben, hatten aber auch die Kraft, reglos zu verharren.

Ein heller Ton erfüllte die Luft. Anfangs achtete Art nicht darauf, aber bald erreichten die Schwingungen die obere Grenze des Hörbaren. Danach erzeugten sie körperliches Unbehagen.

Inzwischen mußten sich einige tausend der zuckenden Lichter zusammengefunden haben.

Wie Aasgeier, die ungeduldig auf den baldigen Tod ihres auserwählten Opfers warteten.

„Verschwindet!“ brüllte Art. „Laßt mich in Frieden!“

Die Lichter kamen näher, zogen sich wie eine Wolke rings um ihn zusammen. Er erkannte, daß es sich um geflügelte Insekten handelte. Keines der Tiere war größer als eine Fingerkuppe.

Das körperliche Unbehagen wurde stärker. Wahrscheinlich erzeugte der Flügelschlag der Tiere die unangenehmen Schwingungen. Arthur hatte das Gefühl, sein Schädel müsse zerplatzen. Er taumelte, preßte sich die Hände an die Schläfen und schrie – schrie, bis sich seine Stimme überschlug und ein trockener Husten ihn würgte.

Da lag er bereits auf den Knien und wühlte die Stirn in den Sand, als könne er auf die Weise Linderung finden.

Wie auf ein geheimes Signal hin stürzten sich die Insekten auf ihn. Innerhalb von Augenblicken brach er unter ihrem Gewicht vollends zusammen.

Wahllos verbissen sich die Biester mit ihren scharfen Kieferzangen. Art schlug wie besessen um sich, aber das war ungefähr so, als kämpfe er gegen Windmühlenflügel. Die Übermacht erdrückte ihn.

Seine Bewegungen erlahmten. Er dachte an den skelettierten Totenschädel. War jener Tote den Insekten zum Opfer gefallen? Hatten sie begonnen, auch ihm das Fleisch von den Knochen zu fressen?

Ihm wurde schwarz vor Augen. Ein rasender Wirbel zerrte ihn hinab in eine endlose Tiefe, aus der es kein Entrinnen mehr geben konnte.

„Ich glaube es einfach nicht!“ Tara Ursos Stimme war kalt und klirrend wie Eis. Seine hohe, haarlose Stirn überzog sich mit hektischer Röte, und im nächsten Moment brüllte er los: „Bin ich von hochspezialisierten Wissenschaftlern umgeben, oder von nichtsnutzigen Idioten? Wo ist der Gefangene?“

Der Bote, der die Nachricht vom Verschwinden des Terraners überbracht hatte, zögerte. Das Eingeständnis, daß nicht einmal die Transmittertechniker Genaues wußten, kostete ihn sichtlich Überwindung.

„Ein terranischer Agent ...“ Tara Urso stieß die Feststellung wie einen Fluch hervor.

„Niemand hat erwartet, daß er in so kurzer Zeit zur Gefahr werden könnte.“

„Er hätte niemals die Arranda-Pflanzung sehen dürfen.“ Der Ara erhob sich hinter seinem Schreibtisch, der mehr einem Kommandopult ähnelte, zur vollen Größe von knapp zwei Meter zehn. Er begann eine unruhige Wanderung wie ein Raubtier im Käfig.

„Wir verzeichnen keinen Transmitterdurchgang?“

„Nein.“

„Die Relaisstationen ebenfalls nicht?“

„Natürlich haben wir die Speicherdaten sofort abgefragt, als das Verschwinden des Agenten bekannt wurde. Die Auswirkungen des Hypersturms ...“

„Ich brauche Fakten, keine Vermutungen. Wieviel weiß die Galaktische Abwehr der Terraner inzwischen? Unsere Forschungen auf Charisma sind nahezu abgeschlossen – falls die Umstände es erforderlich erscheinen lassen, können wir den Planeten von heute auf morgen aufgeben.“

Die Entscheidung über Wohl und Wehe von Millionen Intelligenzen lag in seiner Hand. Auf Charisma stand eine Virenproduktion bereit, die sozusagen über Nacht die gesamte Zivilisation lahmzulegen vermochte. In der Folge würde der Planet über Jahre hinweg als Sperrgebiet gelten, mit dem Nebeneffekt, daß sich die Aras letztendlich als Retter aus höchster Not aufspielen konnten.

„Ich verlange einen ausführlichen Bericht aller Relaisstationen!“

„Natürlich.“

Tara Urso lächelte jetzt. Es war ein tiefgründiges Lächeln.

„Für jeden Terraner, der im Einsatz stirbt, heften sich zwei andere auf seine Spuren. Diese Emporkömmlinge sind hartnäckiger als jedes andere Volk der Galaxis.

Aber falls es uns gelingt, den Agenten umzudrehen, hätten wir die Ruhe, die wir brauchen, um unser Projekt erfolgreich zu beenden. – Schon deshalb muß ich den Mann haben!"

Shari war eine aufregende Frau. In ihr vereinte sich die herbe Schönheit einer griechischen Göttin mit der Zähigkeit und dem Mut einer Löwin, und ihre Intelligenz war der ihrer meisten Kameraden ohnehin überlegen.

Shari galt als unnahbar. Doch wer immer dieses Gerücht in die Welt gesetzt hatte, er hätte besser daran getan, vorher Arthur Konstantin zu fragen. Oder Torrem Mibeck. Beide wußten nämlich, daß Shari heißblütig war, und daß schon die Berührung ihrer Hände einen Eisblock schmelzen konnte.

Arthurs Sturz in endlose Tiefe endete abrupt. Sein eigenes gequältes Stöhnen schreckte ihn auf. Aber noch waren seine Lider schwer wie Blei.

Jemand berührte seine Stirn. Die Fingerspitzen wanderten weiter zu den Schläfen und begannen massierende, kreisende Bewegungen.

„Du bist verwundet, Art."

Er wollte sich aufrichten, doch Shari drückte ihn unnachgiebig zurück. „Sei vernünftig!" sagte sie warnend. „Falls Torrem deine Schwäche erkennt, wird er sie ausnutzen."

„Er ist mein Freund."

Shari lachte hell. „Das hat ihn nicht daran gehindert, mir einen Ehekontrakt anzubieten."

„Ist er verrückt?" Arthur Konstantin wollte auffahren, doch abermals wurde er nachdrücklich daran gehindert.

„Muß ein Mann verrückt sein, der mich begehrt?" fragte Shari lauernd.

„Nein, natürlich nicht!" stieß Art schnell hervor, um seinen Fehler wiedergutzumachen. „Ich meine nur . . ."

„Sag jetzt nichts!" Tief beugte sich Shari über ihn. Er spürte ihr Haar in seinem Gesicht, roch das exotische

Parfum, das sie viel zu selten benutzte, und wollte sie zu sich herabziehen.

Shari stieß einen kurzen, spitzen Schrei aus. Als er dennoch fester zupackte, schlug sie ihn mit der flachen Hand ins Gesicht.

Der Schlag brachte Arthur Konstantin endgültig zur Besinnung. Begreifen, daß er nur phantasiert hatte, denn Shari war tot, und endlich die Augen aufschlagen, war eins.

Eine fremde Frau kniete neben ihm und legte Blätter auf seine Stirn.

„Hawa-athi", sagte sie, als sie merkte, daß er endlich das Bewußtsein zurückerlangte.

Im ersten Moment hatte Art geglaubt, eine Terranerin vor sich zu haben. Aber ihre Augenbrauen traten kräftiger hervor als für gewöhnlich. Auch lagen ihre Augen tiefer in den Höhlen und waren kleiner, bedingt durch die intensivere Sonneneinstrahlung auf Desert.

„Laß es gut sein", sagte Art. „Ich kann nicht ewig hier liegen, während auf Charisma vielleicht ..." Seine Stimmbänder versagten einfach den Dienst.

Der Schmerz, als er sich aufrichten wollte, war grauenvoll. Haltlos sank er zurück.

„Hawa-athi", wiederholte die Frau mit besorgter Miene. Dazu ahmte sie das helle Sirren der Insekten nach, die ihn so übel zugerichtet hatten.

„Ich habe Durst." Wieder wurde Arthur von einem heftigen Hustenanfall geschüttelt. „Durst? Verstehst du?" Er leckte sich mit der aufgequollenen Zunge über die blutverkrusteten Lippen.

Die Frau vollführte eine ablehnende Bewegung. Bevor sie etwas sagen konnte, bemerkte Art resignierend: „Hawa-athi, ich weiß."

Als er den Kopf ein klein wenig anhob, sah er hinter seiner Wohltäterin die Dünen und einen strahlend blauen Himmel. Und Reiter, die sich langsam näherten. Sie waren ebenfalls vermummt und trugen lange, helle

Gewänder, die sie fast mit der Farbe des Sandes verschmelzen ließen. Art bemerkte sie überhaupt nur, weil sie sich für kurze Zeit als Silhouetten vor dem Horizont abzeichneten.

Die Frau redete hastig auf ihn ein. Die Sprache, der sie sich bediente, schien eine Abart des Arkonidischen zu sein. Art war jedenfalls überrascht, wieviel er davon verstand.

„Du brauchst Pflege und gute Heilkräuter“, sagte sie. „Es ist selten, daß ein Mann einen Angriff der Hawa-athi überlebt. Sie legen ihre Eier unter die Haut, und die ausschlüpfenden Larven . . .“

Arthur Konstantin hörte nicht mehr hin. Seine Aufmerksamkeit galt jetzt den Reitern, die herangekommen waren und absaßen. Diese Männer und Frauen lebten seit Generationen auf Desert und hatten sich längst ihrer Umwelt angepaßt. Vielleicht waren sie die Nachkommen früher arkonidischer Siedler oder der Überlebenden eines havarierten Raumschiffs.

„Wer ist der Fremde?“ herrschte der Anführer des Trupps die Frau an.

Sie antwortete mit einer Geste, die ihre Unsicherheit ausdrückte, woraufhin der Reiter seinem unruhig tänzelnden Tier, einem großen, straußenähnlichen Vogel, die Zügel schießen ließ.

Vom nächsten Dünenkamm aus rief er: „Seine Spur kommt von Norden! Er war bei der Kuppel der Jäger! Laß ihn sterben!“

„Nein!“ wollte Arthur Konstantin aufbegehren. Er brachte aber nur ein unverständliches Krächzen hervor.

Sein Herz hämmerte wie rasend gegen die Rippen. Abermals wurde ihm schwarz vor Augen.

4.

Als Arthur Konstantin zum zweitenmal erwachte, sah er nur den Himmel über sich. Inzwischen ballten sich dichte Wolkenbänke zusammen.

Die Eingeborenen hatten ihn mit breiten Riemen auf einem hölzernen Gestell festgebunden, das von einem der Vögel gezogen wurde. Ihm fiel auf, daß sich zwischen den Zehen der Tiere dicke Häute spannten, die ein Einsinken im lockeren Sand weitgehend verhinderten.

Arthur Konstantin hielt sich trotz seiner Schmerzen nicht lange wach. Die Hitze und das einschläfernde monotone Schaukeln forderten ihr Recht.

Eine plötzliche Hektik schreckte ihn hoch. Die Reiter sprangen von ihren Tieren und scheuchten die Laufvögel mit lauten Schreien davon.

Ehe Art es sich versah, warf jemand eine Decke über ihn, und im nächsten Moment prasselte Sand herab. Die Eingeborenen gruben sich ein – so geschickt und schnell, als hätten sie ihr Leben lang nie etwas anderes getan.

Das Ganze war nicht einmal Minutensache, dann hatte sich die Karawane aufgelöst.

Nur noch das Knistern des Sandes war zu hören, den ein schwacher Wind vor sich her trieb. Und ein rasch näherkommendes Summen.

Gleiter!

Arthur verwünschte die Tatsache, daß er durch das Gewebe der Decke hindurch nicht weiter als ein paar Schritt sehen konnte. Und die Arme, die an den Rahmen des Schlittengestells gefesselt waren, bekam er nicht frei. Er fühlte sich so verdammt hilflos.

Das Summen schien mittlerweile unmittelbar über ihm zu verharren. Kaum höher als zweihundert Meter.

Die Aras suchen nach mir! schoß es ihm durch den Sinn.

Und die Eingeborenen versuchten, ihm zu helfen?

Bestimmt taten sie das nicht aus reiner Nächstenliebe. Eher sah es so aus, als wären sie ständig für einen solchen Zwischenfall gewappnet gewesen.

Der Gleiter entfernte sich ein Stück, kehrte zurück, begann in größerer Höhe zu kreisen.

Es war fast unverständlich, daß die Besatzung – egal ob Roboter, Aras oder sonstwer – die Beduinen noch nicht bemerkt hatte. Jeden Augenblick erwartete Art, das Aufblitzen eines tödlichen Thermostrahls zu sehen, der die Dünen in eine bizarre Schlackelandschaft verwandelte. Aber je länger der Terraner darüber nachdachte, desto erfolgversprechender erschien ihm die Methode der Eingeborenen, sich einzugraben. Ihre Reittiere hinterließen der Häute zwischen den Zehen wegen so gut wie keine Spuren im Sand; selbst wenn sie schwere Lasten trugen, verwehte der Wind die Eindrücke sofort wieder. Die Kleidung der Männer und Frauen, ja sogar die Decken, die sie den Laufvögeln umgehängt hatten, waren in Erdtönen gefärbt und wirkten wie Tarnumhänge. Aus der Höhe waren sie wohl für das unbewaffnete Auge überhaupt nicht und selbst für eine hochauflösende Optik nur unter günstigen Umständen sichtbar.

Und Infrarot? – Der heiße Sand überdeckte jede andere Wärmequelle.

Endlich zog der Gleiter nach Osten davon.

„Was bedeutet das alles?“ fragte Arthur, als gleich darauf die Decke über ihm zur Seite gezogen wurde.

Die Frau – er kannte ihren Namen noch immer nicht – musterte ihn mit einem mißtrauisch forschenden Blick. „Du weißt es selbst am besten“, sagte sie.

„Ich habe keine Ahnung.“

„Warum kamen die Jäger mit ihrem fliegenden Wagen? Doch nur, weil du sie auf unsere Spur führst.“

„Ich war ihr Gefangener.“

Die Frau schien gar nicht hingehört zu haben. „Es wäre besser gewesen, ich hätte dich nie gefunden“, murmelte sie.

„Warum hilfst du mir dann?“

Sie schaute ihn entgeistert an. „Würdest du keinem beistehen, der in Not ist?“

„Natürlich. Aber . . .“

Ein langgezogener, schriller Pfiff erklang. Arthur stellte überrascht fest, daß die Reitvögel zurückkehrten. Auch die Tiere schienen an Zwischenfälle wie den eben gewöhnt zu sein.

„Ich heiße Arthur“, sagte der Terraner krächzend. „Arthur Konstantin.“ Er würde bald keinen vernünftigen Ton mehr über die Lippen bringen.

Die Frau bedachte ihn mit einem durchdringenden Blick. „Mein Name ist Thina“, erwiderte sie. „Einfach nur Thina.“

„Gib mir zu trinken!“ bat Art fast flehentlich.

„Nein!“ sagte Thina. „Schon der erste Schluck würde dich töten, weil dann die Brut der Hawa-athi in deinen Adern zu wachsen beginnt.“

„Sterben müssen wir alle irgendwann.“

Thina bedachte ihn mit einem beinahe schon mitleidigen Blick. „Du weißt wirklich nicht, wovon du sprichst“, stellte sie fest.

Wenig später brach die Karawane wieder auf. Riesig, heiß und unbarmherzig standen die Sonnen am Firmament. Ihre Strahlen verbrannten den Terraner und zogen ihm das letzte bißchen Kraft aus den Knochen.

Der Rest des Weges durch die Wüste war wie ein böser Traum, an den sich Arthur Konstantin später nur noch bruchstückhaft erinnerte.

Sein Zustand verschlechterte sich rasch. Im Fieberwahn stammelte er unverständliches Zeug. Dann begann er zu schreien und machte damit die Reittiere scheu.

Nur hin und wieder hatte er noch lichte Momente. Seinen Wunsch nach einem Funkgerät konnten die Beduinen aber nicht erfüllen. Ihnen war sogar das Wort unbekannt.

Arthurs Pendeln zwischen Leben und Tod wurde zur Gratwanderung.

Am späten Nachmittag veränderte sich die Wüste. Wo bislang nur trostloser, öder, heißer Sand gewesen war, ragten plötzlich dickblättrige Pflanzen auf. Bald standen sie in Gruppen beieinander.

Der Boden wurde steiniger. Arthur Konstantin reagierte auf das einsetzende Holpern mit einem gequälten Stöhnen. Unter den geschlossenen Lidern rollten seine Augen wie wild hin und her, er schreckte aber schon nicht mehr aus dem Delirium auf.

Der Übergang zum Dschungel vollzog sich nur allmählich und keineswegs abrupt. Eine ausgedehnte Weidelandschaft bestimmte für einige Zeit das Bild. Zäune und Bewässerungsgräben ließen noch deutlich die ordnende Hand erkennen, aber das Gras hinter den Zäunen war schon lange nicht mehr geschnitten worden, und die Gräben verlandeten, weil der Wüstenwind den Sand ungehindert verfrachten konnte.

In einer Senke, umgeben von blühenden Bäumen und am Rand eines kleinen Sees, lagen Ruinen – bis vor wenigen Monaten ein Dorf voll Leben und Geschäftigkeit. Aber dann waren die hochgewachsenen, dürren Fremden erschienen und hatten Männer und Frauen in ihren fliegenden Wagen mitgenommen. Als sich die Besuche wiederholten, aber keiner der Weggegangenen zurückkehrte, hatten sich die Bewohner zum Widerstand entschlossen. Seither lebten sie in ständiger Furcht, denn die bleichhäutigen Fremden hatten Blitze auf das Dorf geschleudert und alle Häuser bis auf die Grundmauern niedergebrannt.

Nachdenklich ruhte Thinas Blick auf Konstantin. Obwohl er die Sprache der Dürren benutzte, war er anders. Sie fragte sich, ob auch er von den Sternen gekommen war.

Die Überlieferung ihres Volkes sprach davon, daß viele Sterne noch größer als die beiden Sonnen waren. Sie glaubte nicht dran. Schließlich konnte sich jedes Kind vom Gegenteil überzeugen, sobald er des Nachts zum Himmel aufsah.

Sie bezweifelte auch, daß ihr Volk vor langer Zeit auf einer anderen Welt gelebt hatte. Das waren Märchen. Ebenso wie die Behauptung, daß das Heiligtum den Menschen bei großer Gefahr beistehen würde. Wie sehr hatte sie darum gebetet, die dürren Fremden sollten ihre Welt wieder verlassen! Aber nichts war geschehen.

Das zerstörte Dorf blieb hinter der Karawane zurück, ein unübersehbares, eindringliches Mahnmal, daß nicht alle Intelligenzen friedfertig waren.

Thina spürte dennoch keinen Haß auf die Fremden – nur Trauer und eine tiefe Leere, sobald sie an die entführten Frauen und Männer dachte, deren Schicksal so ungewiß war wie die Zukunft der wenigen tausend Menschen auf Imhar.

Im Dschungel hatten sie sich ein neues Leben aufgebaut. Hier fühlten sie sich einigermaßen sicher.

Die Dämmerung brach herein, als die Karawane endlich ihr Ziel erreichte. Nur die Kinder stürzten sich heißhungrig auf die Nahrungsmittel in den Säcken; die Erwachsenen waren zurückhaltender geworden. Häufig genug verschwanden noch Menschen von den Feldern oder wurden herrenlose Reittiere aufgegriffen. Erst als sich herausstellte, daß es diesmal ohne Verluste abgegangen war, kam Begeisterung auf.

„Keine Schwierigkeiten?“ erkundigte sich Thinas Stellvertreter im Amt des gewählten Dorfoberhaupts. Die Frage kam nicht von ungefähr, denn Jatungo würde die nächste Karawane leiten, die in spätestens zwei Wochen aufbrach, um dringend benötigte Mineralstoffe herbeizuschaffen, die im Dschungel nicht verfügbar waren.

„Die Dürren haben uns in Ruhe gelassen“, erwiderte Thina. „Dafür haben wir einen anderen Fremden halbtot aufgegriffen.“

Jatungos Miene verdüsterte sich schlagartig.

„Das bedeutet neue Probleme“, sagte er warnend.

„Ich übernehme die Verantwortung“, erwiderte Thina heftiger als beabsichtigt. Vielleicht löste sich ja alles von selbst, falls Arthur Konstantins Lebenswille der Hawa-athi-Brut unterlag. Dann mußte sie zumindest nicht mit der Schuld leben, einem Hilflosen ihren Beistand versagt zu haben.

Andererseits glaubte sie, daß es gut war, dem Mann begegnet zu sein. Und bisher hatte sie sich immer auf ihre Vorahnungen verlassen können.

Arthurs Fieber blieb auch während der folgenden beiden Tage sehr hoch. Hätte er sich sehen können, wäre er wahrscheinlich selbst am meisten erschrocken. Die Haut grau und runzlig, die Wangen eingefallen und die blutig geränderten Augen tief in den Höhlen liegend, wirkte er wie der leibhaftige Tod.

Er redete im Delirium, aber das Bewußtsein erlangte er während dieser Zeit nicht wieder.

Stündlich legte ihm Thina frische Blätter des Wunderstrauchs auf, der einzigen Pflanze, die gegen Bisse der Hawa-athi half. Bislang war aber noch nie jemand so übel zugerichtet gewesen wie der Fremde.

Während der ersten Nacht glaubte Thina, er würde sterben. Daß er überhaupt so lange ohne Flüssigkeitszufuhr durchgehalten hatte, war unglaublich. Aber sein Lebenswille schien ungebrochen zu sein.

Endlich konnte sie ihm Wasser in kleinen Schlucken einflößen. Arthur Konstantin war inzwischen nur noch ein Schatten seiner selbst.

Am zweiten Tag schlug er die Augen auf. Aber er verstand nicht, was Thina zu ihm sagte. Sein Blick ging durch sie hindurch und verlor sich in endloser Ferne.

Dann sank sein Fieber. Thina erhöhte die Wasserration und gab ihm zu essen. Arthur Konstantin hatte die Hawa-athi endgültig besiegt.

Späher meldeten inzwischen ungewöhnliche Aktivitäten bei den Kuppeln der Dürren. Ihre Maschinenmenschen schickten sich an, die Große Wüste zu durchqueren.

„... wie bei einer Treibjagd“, stellte Jatungo unumwunden fest.

„Das Wild ist er.“ Thina deutete auf Art, der in einen tiefen und erholsamen Schlaf gesunken war.

„Hoffentlich weißt du, was du riskierst.“

„Die Gefahr, die uns von den Dürren droht, wird durch ihn nicht größer.“

Thina betrachtete die Unterhaltung als beendet und ließ sich mit übereinandergeschlagenen Beinen neben dem Krankenlager des Fremden nieder. So saß sie auch noch, als Arthur Konstantin am anderen Morgen erwachte.

„Du bist Thina“, sagte er zögernd, als müsse er sich erst darüber klar werden, was denn eigentlich geschehen war. „Habe ich dir zu verdanken, daß ich noch lebe?“

„Vielleicht“, antwortete sie. „In erster Linie aber dir selbst. Du bist zäh.“

„... wie Stiefelleder.“ Art versuchte ein Lachen, das ihm aber noch nicht glücken wollte.

„Ich verstehe nicht.“

„Nur eine altterranische Redensart.“ Er stemmte sich auf den Ellenbogen hoch und schaute interessiert um sich. „Heute werden Schuhe nicht mehr aus Leder gefertigt. – Aber, wenn ich das hier so sehe ...“

„Ja?“

„Ich meine, ihr verwendet bestimmt kein Kunstmaterial.“ Sein Blick streifte die mit Stroh gedeckten, kreisförmig angeordneten niedrigen Hütten. Einfache Karren mit Scheibenrädern standen da, und an einem hölzernen Gestell, über einem lodernden Feuer, hing ein Kupferkessel.

Von irgendwo erklang dröhnendes Hämmern. Thina bemerkte Arts überraschten Augenaufschlag und erklärte: „Der Schmied fertigt neue Schwerter. Wir müssen mit einem Angriff rechnen, und diesmal werden wir uns verteidigen."

Art nahm einen kräftigen Schluck aus dem neben seinem Lager stehenden Tonkrug. Das Wasser schmeckte schal und abgestanden, weckte aber dennoch seine Lebensgeister.

„Wer sollte euch angreifen?" fragte er.

„Die Dürren. Seit sie zum erstenmal kamen, haben sie mehr als dreihundert Männer und Frauen entführt. Wir wissen nicht, was mit ihnen geschah, aber sie wurden wohl in die großen Kuppeln gebracht, in denen die Dürren und ihre Maschinenmenschen wohnen. Nie kehrte einer von dort zurück."

Wenn Thina von den Dürren sprach, meinte sie die Aras. Es bedurfte keiner eingehenderen Beschreibung.

„Es gibt mehrere Kuppeln?" wollte Art wissen.

„Vier", bestätigte Thina. „Drei davon sind nur klein, aber eine nimmt mehr Grundfläche ein als unser früheres Dorf, aus dem wir fliehen mußten."

Ein Wort gab das andere, und Arthur Konstantin und Thina redeten viel. Schließlich wurde Art klar, daß der Planet Imhar, wie die hier lebenden Menschen ihre Welt nannten, aus vorerst noch unerfindlichen Gründen von den Aras heimgesucht worden war. Die Galaktischen Mediziner brauchten die Menschen von Imhar. Wofür? Er wußte es nicht.

Ansatzweise versuchte Art, eine Verbindung zwischen den Arranda-Orchideen von Charisma und den Verschwundenen aus Thinas Volk herzustellen. Seine Bemühung war von vornherein zum Scheitern verurteilt. Selbst wenn es Gemeinsamkeiten gab, waren sie ihm ohne weitere Informationen nicht zugänglich.

Seine Genesung machte Fortschritte. Art versuchte, Thina seine Dankbarkeit zu zeigen, stieß aber nur auf Unverständnis. Was sie getan hatte, war für sie eine Selbstverständlichkeit, über die man keine Worte verlor.

Die Menschen auf Imhar führten ein einfaches, naturverbundenes Leben. Nur die Furcht vor den Fremden, die von den Sternen gekommen waren und ihre Kuppeln errichtet hatten, war latent vorhanden. Art deutete manchen mißtrauischen Blick, der ihm nachgeschickt wurde, auf die Weise.

Am Spätnachmittag zogen zwei Gleiter über den Dschungel hinweg. Stunden später kehrten sie zurück und verschwanden Richtung Norden.

„Sie haben uns gefunden“, sagte Thina bitter. „Ich weiß es. Wieder werden sie welche von uns holen.“

Mit primitiven Waffen gegen eine überlegene Technik zu kämpfen, war von vornherein aussichtslos. Niemand wußte das besser als Konstantin. Insgeheim bewunderte er Thina, die, ohne lange zu zögern, befahl, das Dorf zu räumen.

„Hoffentlich sind wir tiefer im Dschungel sicher“, sagte sie. „Aber wenn es unsere Bestimmung sein soll, auf ewig vor den Dürren zu fliehen, müssen wir uns damit abfinden.“

Im Morgengrauen brachen die ersten Familien mit ihren spärlichen Habseligkeiten auf. Der Dschungel war nicht so dicht, daß ein Vorwärtskommen nur mit Mühe möglich gewesen wäre. Lediglich hie und da hemmte dichteres Unterholz den Schritt, aber dann halfen die Schwerter, einen Weg zu bahnen.

„Wenn die Aras Roboter einsetzen, können sie eure Spur noch nach Tagen verfolgen“, sagte Arthur Konstantin warnend. „Die Pflanzen wachsen nicht so schnell, daß die Bruchstellen bald überwuchert wären.“

„Wir haben keine Flügel wie die Vögel“, antwortete Thina ungewöhnlich schroff. „Also bleibt uns keine andere Wahl.“

Wußte sie, daß die Aras diesmal nur seinetwegen kamen? Sie ließ sich jedenfalls nichts anmerken.

Kurz nach Sonnenaufgang traf ein Reiter ein. Der

Mann konnte sich kaum noch auf dem Rücken seines Laufvogels halten.

Er blutete aus einer gräßlichen Fleischwunde an der Hüfte, die offenbar erst kurz vor Erreichen des Dorfes wieder aufgeplatzt war. Die Wunde stammte von einem Thermoschuß, und halb verkohlte Kleidungsfetzen hatten sie regelrecht verschorft. Andernfalls wäre er längst verblutet.

„Die Maschinenmenschen", stieß er nach Atem ringend hervor, „sie haben die Wüste durchquert und vernichten die Ernte auf den Feldern. Und danach werden sie uns töten."

Ein Zittern durchlief seinen geschundenen Körper. Obwohl er beide Arme um den Hals seines Reittiers geschlungen hatte, rutschte er seitlich ab. Arthur fing ihn auf und ließ ihn sanft zu Boden gleiten.

„Der Mann stirbt", sagte er bedrückt.

Die Wunde war weiter aufgebrochen. Nur eine sofortige Operation hätte verhindern können, daß er verblutete. Aber außer Heilkräutern stand nichts zur Verfügung.

Thina kniete neben ihm nieder. „Wie viele sind es?" fragte sie.

„Sechs", hauchte der Mann kaum hörbar. „Von den Dürren habe ich keinen gesehen."

Abermals durchlief ein Zittern seinen Körper. Lautlos bewegten sich seine Lippen. Dann fiel sein Kopf zur Seite. Er war tot.

Tief atmete Thina durch, ehe sie aufsah. „Es ist soweit", sagte sie schwer. „Laßt alles da, was ein rasches Vorankommen behindern würde." Sie wandte sich an Arthur: „Komm!"

Aber der Terraner schüttelte nur den Kopf. „Die Aras wollen mich", sagte er. „Mag sein, daß sie dein Volk verschonen, wenn ich mich ihnen stelle."

Thina umfaßte seine Oberarme und zwang ihn, ihr ins Gesicht zu sehen.

„Du hast mit uns gegessen und getrunken, also bist du einer von uns. Wenn du nicht gehst, bleiben wir ebenfalls."

„Das wäre verrückt."

„Die Entscheidung liegt bei dir."

„Was weißt du schon von den Möglichkeiten der Roboter? Sie würden uns einholen. – Wann werden sie hier sein?"

„Wenn sie jetzt bei den Feldern sind ... In längstens zwei Stunden."

„Dann bleibt mir gar keine andere Wahl als der Versuch, sie aufzuhalten."

„Wir helfen dir."

Thina meinte es bitterernst. Sie war fest entschlossen, ihn nicht allein zu lassen.

„Es war nicht leicht werden", sagte Art.

Eigentlich war es Wahnsinn, sechs Robotern ohne vernünftige Waffen und ausreichende Vorbereitungszeit entgegenzutreten. Aber Arthur Konstantin wollte nicht ständig auf der Flucht sein und sich zunehmend weiter von der Zivilisation entfernen. Er mußte eine Möglichkeit finden, eine Meldung abzusetzen, und Hyperfunkgeräte wuchsen eben nicht auf Bäumen.

Sie waren insgesamt fünfzehn Personen, die zurückblieben und den Kampf aufnahmen. Alle anderen verließen Hals über Kopf das Dorf.

„Nur wenn wir die Roboter überraschen, können wir sie zerstören", erklärte Arthur. „Aber dafür genügt es nicht, einfache Fallgruben auszuheben. Die Maschinen verfügen über Antigravgeräte, vielleicht auch über Schirmfeldprojektoren. Und auf jeden Fall sind ihre Sinne unseren weit überlegen." Ebensogut hätte er in den Wind reden können. Niemand verstand, wovon er sprach.

Er setzte auf mechanische Kräfte, um die Angreifer zu zerstören oder wenigstens so zu beschädigen, daß die Dorfbewohner einen ausreichenden Vorsprung erhielten. Mit Hilfe dicker Taue wurden junge Bäume gebogen und fixiert, daß sie wie Peitschen vorschnellen würden, sobald jemand die Taue kappte. An den Ästen ließ Art Schwerter und Speere befestigen. Das Eisen war hoffentlich hart genug, die dünne Hülle der Maschinenmenschen zu durchdringen.

„Aber das allein ist noch zu wenig“, sagte er, obwohl er einen derart raschen Fortgang der Arbeiten nicht erwartet hatte. „Wir müssen die empfindlichsten Stellen der Roboter treffen – ihre Sehzellen. Säure wäre ideal.“

Thina sah ihn nur an, überlegend, wie es schien, dann wandte sie sich ruckartig um und verschwand eilends zwischen den Bäumen. Als sie nach wenigen Minuten zurückkehrte, hielt sie eine knapp kopfgroße graubraune Frucht in Händen, die sie wie ein rohes Ei handhabte.

„Glaubst du, daß uns die Todesäpfel weiterhelfen könnten?“ fragte sie, merklich bemüht, nicht allzu große Hoffnung zu zeigen.

Art zuckte mit den Schultern. Er wollte nach der Frucht greifen, aber Thina wich mit einem Schreckenslaut zurück.

„Jede weitere Berührung würde die Schale platzen lassen“, sagte sie warnend.

Vorsichtig legte sie den Todesapfel auf den Boden, trat fünf Schritte zur Seite und warf ein kleines Steinchen auf die Frucht. Die Schale platzte mit einem satten, schmatzenden Geräusch. Farblose, gallertartige Flüssigkeit quoll aus dem Innern hervor und breitete sich aus. Innerhalb von Sekunden war ein Kreis von gut einem Meter Durchmesser bedeckt. Sonst geschah nichts.

„Und?“ fragte Arthur Konstantin. Die Zeit brannte ihm auf den Nägeln, und es war bestimmt niemandem geholfen, wenn er sie mit unnützen Spielereien vertat.

„Warte noch!“ Thinas Tonfall ließ ihn trotz aller Eile innehalten.

Täuschte er sich, oder war inzwischen ein Teil der Flüssigkeit verdunstet? Er schaute genauer hin, denn plötzlich interessierte ihn, was geschah.

Der Saft des Todesapfels verdunstete weder, noch versickerte er, vielmehr fraß er sich wie hochkonzentrierte Säure in den Boden hinein. Art sah Wurzeln und Steine sich einfach in Luft auflösen. Nur die aufgeplatzte Fruchtschale blieb davon unberührt.

„Wie viele solcher Kugeln kann ich haben?"

„Die Bäume reifen zu unterschiedlichen Zeiten", sagte Thina. „In der Nähe unseres Dorfes stehen etliche, aber nur einer trägt momentan Früchte."

„Wie viele?"

„Zwanzig, allerhöchstens dreißig."

Das war weniger, als Art erhofft hatte, mußte aber genügen. Er befand sich ohnehin nicht in einer Situation, in der er Ansprüche stellen konnte.

„Dann brauche ich Körbe und Decken", drängte er.

„Nein!" widersprach Thina heftig. Art blickte sie entgeistert an, aber da fuhr sie schon mit ihrer Erklärung fort: „Die Schale der Todesäpfel hält einer Berührung stand, jedoch keiner zweiten. Die Früchte würden platzen, sobald du sie vom Baum nimmst und in einen Korb legst." Sie deutete auf das annähernd kreisrunde Loch im Waldboden. „Die Säure ist gefährlicher als alles, was wir kennen. Ihre Wirkung läßt andererseits aber sehr schnell nach."

Tatsächlich schien die Aggressivität der immer noch glasklaren Flüssigkeit geringer geworden zu sein. Die Schale lag inzwischen rund vierzig Zentimeter tief und begann in schier unglaublichem Tempo auszutreiben. Ein fingerdicker grüner Trieb durchstieß die Oberfläche der Säure und bildete feine Haarwurzeln aus.

„Der Saft dient dem Keimling als Nahrung." Thina kniete nieder und tauchte, bevor Arthur Konstantin sie daran hindern konnte, den Arm bis zum Ellenbogen in die Flüssigkeit. „Jetzt ist alles ungefährlich. Der Keimling wächst, bis er ungefähr einen halben Meter hoch und der Saft aufgezehrt ist, danach vergehen allerdings Jahre bis zur ersten Laubbildung . . ."

Art hörte nur noch mit halbem Ohr hin. Überlegend blickte er in die Runde. Es gab drei oder vier große, weit ausladende Bäume, in deren Astwerk sich einige Eingeborene verbergen konnten, die aber auch leicht zu besteigen waren, vor allem mit einem Todesapfel in der Hand.

Thina deutete den Blick des Terraners richtig. Sie nickte knapp.

„Vielleicht haben wir doch eine gute Chance“, murmelte Art im Selbstgespräch.

Eine Stunde später kamen die Roboter. Arthur Konstantin hatte einen Mann als Wache postiert, der die Annäherung der Maschinenmenschen rechtzeitig meldete.

Sie kamen in breiter Front. Ihr Vorgehen erinnerte tatsächlich an eine Treibjagd, nur waren eben Menschen das Wild, und niemand wußte, was mit den Gefangenen geschah.

Ich könnte es herausfinden! schoß es Arthur Konstantin durch den Sinn. Er brauchte nur hinzugehen und sich zu stellen. Aber niemand gab ihm die Gewißheit, daß dann auch die Jagd auf Thinas Volk zu Ende war.

Seine Überlegungen kamen ohnehin zu spät. Einer der Roboter (von den sechs Maschinen befanden sich nur zwei innerhalb von Arts Blickfeld) blieb ruckartig stehen. Er hatte die Veränderungen registriert, denn die Waffe in seiner Rechten ruckte hoch. Erleichtert stellte Art fest, daß es sich nur um einen Paralysator handelte. Die Aras hatten also nicht die Absicht, ihn oder die Eingeborenen von Imhar zu töten – zumindest vorerst noch nicht.

Der Roboter löste den Paralysator aus. Gleichzeitig flog ein Todesapfel auf ihn zu.

Der Schuß traf. Einer von Thinas Leuten stürzte aus knapp fünf Metern Höhe auf den Waldboden. Ob das Moos den Aufprall genügend dämpfte, daß der Gelähmte sich dabei nicht sämtliche Knochen brach, konnte Arthur nicht erkennen.

Auch der Todesapfel traf. Der Roboter hatte das Wurfgeschoß gänzlich ignoriert. Wahrscheinlich fühlte er sich davon nicht im mindesten bedroht.

Das änderte sich schlagartig, als die Fruchtschale aufplatzte und einen Schwall gallertartiger Flüssigkeit freigab, die den Schädel des Maschinenmenschen mit einer dünnen Schicht überzog und über seine Schultern tropfte.

Der Roboter verharrte, als wären schlagartig sämtliche Funktionen lahmgelegt worden. Zwei schwache Explosionen rissen seine linke Halsseite auf, und als die Säure verstärkt in die freigewordene Öffnung eindrang, verwandelte sich die Maschine jäh in ein tobendes Monstrum.

Der Paralysator entglitt den sich öffnenden Fingern. Zugleich begannen die Arme wie Dreschflegel zu schwingen, entwurzelten Sträucher und rissen Laub und Lianen von den Bäumen.

Das hektische Flackern der Sehzellen erlosch, Rauch kräuselte sich aus der Sprechmembrane, und eine weitere Explosion spaltete den Schädel. Wie Wachs unter Hitzeeinwirkung zerflossen die Konturen des Robotergesichts. Auch Schultern und Arme waren bereits davon betroffen.

Höchstens zwanzig Sekunden nach dem Aufprall des Todesapfels kippte der Roboter zur Seite. Art hätte jubeln mögen, und er sah, daß auch Thina und einige ihrer Leute sich am liebsten begeistert in die Arme gefallen wären, doch noch war nichts entschieden. Falls der Roboter die anderen über Funk informiert hatte, würden die Verteidiger einen schweren Stand haben.

Die zweite Maschine kam nur bis auf zwanzig Meter heran. Wahrscheinlich suchte sie den Wald mit Infrarot ab. Trotz der herrschenden Schwüle konnten die Wärmespuren der Eingeborenen noch nicht gänzlich verwischt sein. Es war einfach zu wenig Zeit vergangen.

Der Roboter schwebte weiter. Zielstrebig näherte er sich Arts Versteck hinter einem mannshohen Erdhaufen, dem verlassenen Bau eines größeren Tieres.

Der Terraner hielt instinktiv den Atem an und umklammerte den kurzschäftigen Speer, die einzige Waffe, über die er momentan verfügte. Schaft und Blatt waren aus einem Stück geschmiedet und dementsprechend schwer, besonderes Zutrauen hatte Art in das Stück Eisen trotzdem nicht. Er hätte viel für einen handlichen Thermostrahler gegeben.

Der Roboter trug ebenfalls nur einen Paralysator. Bevor Art mit seiner Einschätzung der Lage zu einem Ergebnis kam, feuerte er.

Ein Aufschrei erklang. Am anderen Ende der Lichtung taumelte Thinas Stellvertreter Jatungo aus der Deckung hervor. Seine Haltung verriet, daß Arme und Oberkörper gelähmt waren. Offenbar trieben ihn nur Muskelreflexe vorwärts.

Ein zweiter Schuß streckte ihn endgültig nieder.

Der Roboter feuerte weiter. In einem Winkel, der erkennen ließ, daß er einige der in den Bäumen wartenden Widerstandskämpfer geortet hatte.

Aus vier Meter Höhe kippte eine Frau in die Tiefe. Sie hatte nur einen Streifschuß abgekommen, aber Art konnte ihr Gesicht sehen, und darin stand panisches Entsetzen zu lesen. Vergeblich versuchte sie, den Todesapfel fallen zu lassen. Es gelang ihr nicht.

Dann zerbrach die Frucht . . . Innerhalb von Sekunden fraß die Säure das Fleisch von ihren Knochen.

Der Roboter würde einen nach dem anderen paralysieren. Doch jetzt schon alle Fallen auszulösen, hätte bedeutet, sämtliches Pulver zu verschießen und sich den anderen Maschinen mehr oder weniger hilflos auszuliefern. Arts Finger verkrampften sich um den Eisenspeer, er sprang auf und stürmte blindlings los. In dem Moment war ihm egal, ob der Roboter ihn erwischen würde, oder nicht.

Sechs Meter trennten ihn von dem Angreifer. Aber schon bei den ersten Geräuschen, die er verursachte, ruckte der Roboter herum.

Einen gellenden Kampfschrei auf den Lippen, stieß Art zu. Der Speer zuckte schräg von unten hoch, schrammte über die untere Gesichtshälfte des Roboters und bohrte sich haargenau in dessen linke Sehzelle.

Kein Schutzschirm! durchzuckte es Arthur Konstantin. Wenn er ehrlich zu sich selbst war, hatte er mit dieser Möglichkeit gerechnet.

Viel weiter kam er mit seinen Überlegungen nicht. Ein harter Schlag traf seine Hüfte und raubte ihm fast die Besinnung. Blindlings stieß er noch einmal zu, hatte aber kein Glück mehr. Der Speer glitt ab, ohne mehr als einen Kratzer auf der Hülle des Roboters zu hinterlassen.

Dann schloß sich ein eiserner Schraubstock um seinen Arm. Art schrie gellend auf. Er wußte, daß der Roboter ihn umbringen konnte, aber er hoffte gleichzeitig, daß die Aras ihn lebend haben wollten.

Mit der Linken verkrallte er sich im Gesicht der Maschine, doch auch das half ihm wenig.

„Paß auf, Terraner!“

Wer immer den Ruf ausgestoßen hatte, Art blieb keine Zeit für eine Reaktion. Einer der Eingeborenen machte es ihm nach und schmetterte seine primitive Waffe mit aller Kraft gegen die noch intakte Sehzelle des Roboters. Das kurze splitternde Geräusch war wie eine Erlösung, aber danach vollführte die Maschine eine knappe Drehung, und Art sah, daß ein menschlicher Körper zur Seite geschleudert wurde.

Obwohl das optische Wahrnehmungsvermögen des Roboters ausgeschaltet war, bewegte er sich nach wie vor zielstrebig. Seine Ortungen funktionierten also noch einwandfrei.

Inzwischen näherten sich die übrigen Maschinen. Art konnte nicht allzuviel erkennen, sah aber, daß die ersten präparierten Bäume hochschnellten, und hörte den dumpfen Aufprall der kantigen Eisenstücke. Dazwischen war das Fauchen der Lähmwaffen zu vernehmen.

Gänzlich erfolglos schienen die Eingeborenen nicht zu sein. Ein schrilles Singen hob an, steigerte sich bis zum nervenzerfetzenden Heulen, und dann begann sich eine der Maschinen wie irr im Kreis zu drehen. Der Amoklauf endete an einem Urwaldriesen, gegen den der Roboter mit stoischer Hartnäckigkeit anrannte.

Arthur Konstantin schätzte, daß drei allerhöchstens vier Minuten vergangen waren, seit er sich zum Angriff auf den Roboter hatte hinreißen lassen. Jetzt zog sich die Maschine mit ihm zurück. Das Ziel war klar: Er würde über kurz oder lang vor den Verantwortlichen der Morde an Wayne Coover und Reeve Duncan stehen und vielleicht erfahren, was die Geschehnisse auf Charisma und Imhar miteinander verband. Für den Preis, daß sein eignes Leben keinen Pfifferling mehr wert war.

Ein dumpfes, klatschendes Geräusch erklang unmittelbar neben ihm. Art wußte sofort, was es bedeutete. Er erstarrte innerlich.

Jemand hatte einen Todesapfel geworfen. Ohne auf ihn Rücksicht zu nehmen. Oder war es nur ein verzweifelter Versuch, ihn zu befreien? Immerhin hatte er den Männern und Frauen um Thina Möglichkeiten eröffnet, sich gegen die Invasoren zur Wehr zu setzen.

Innerhalb von Sekunden vermischte sich der beißende Säuregeruch mit dem Geruch sich auflösenden Metalls. Ein scheußliches Kratzen im Hals und auf den Nasenschleimhäuten ließ den Terraner würgen.

Der Roboter war im Nacken getroffen worden. Jeden Moment erwartete Art, daß die brodelnde Säure über die Schultern nach vorne floß und auch ihn erreichte.

Verzweifelt stemmte er sich gegen den unbarmherzigen Griff der Maschine – ein von vornherein aussichtsloses Unterfangen. Solange das Koordinationszentrum des Roboters nicht beeinträchtigt war, würde er die stählernen Arme nicht einmal um Millimeter bewegen können.

Eisen krachte gegen Stahl – eine schwere Erschütterung, die Arthur Konstantin mit jeder Faser seines Körpers spürte. Gleich darauf wiederholte sich das Dröhnen. Diesmal schwankte der Roboter. Eben noch wenige Zentimeter über dem Boden schwebend, setzte er ruckartig auf. Aus seiner Sprechmembrane drang ein Knistern.

„Jetzt!“ brüllte Thina. Zumindest glaubte Art, ihre Stimme zu erkennen.

Instinktiv zog er den Kopf zwischen die Schultern. Nicht einen Augenblick zu früh.

Ein mörderischer Schwerthieb traf den Roboter von hinten. Zum drittenmal. Und endlich durchtrennte die Klinge von der Säure geschwächten Stahl. Funken stoben auf, eine Stichflamme raste sengend über den Terraner hinweg.

Dann fiel der Schädel, und das Schwert wirbelte haltlos hintendrein. Thina hatte es losgelassen, um nicht selbst mit der Säure in Berührung zu kommen. Ihr eigener heftiger Schwung trieb sie nach vorne, vorbei an dem unkontrolliert zuckenden Roboter und an Art, der es endlich schaffte, sich aus dem stählernen Griff zu lösen.

Hinter ihm stürzte der Roboter, weil die Säure in sein freigelegtes Steuerungszentrum eindrang. Begleitet von knisternden Entladungen und einem aufstiebenden Funkenregen, brannte er aus.

Mit sich selbst beschäftigt, hatte Arthur Konstantin kaum noch darauf geachtet, was sich mittlerweile ringsum abspielte. Überrascht stellte er fest, daß vier der sechs Roboter zu blasenwerfenden, undefinierbaren Metallklumpen geworden waren. Lediglich eine der Maschinen stand noch aufrecht, hatte aber den Paralysator verloren und setzte sich mit bloßen Händen gegen die Eingeborenen zur Wehr, die mit Speeren und Ästen versuchten, Distanz zu bewahren.

„Danke“, sagte Art zu Thina.

Sie schaute ihn aus großen Augen verständnislos an.

„Das war ich dir schuldig“, erwiderte sie. „Wir haben unseren ersten Sieg über die Dürren errungen.“

Er wollte sich nach dem Schwert bücken, dessen Klinge mittlerweile eher einem Korkenzieher glich, aber Thina vertrat ihm den Weg.

„Wir schaffen das allein“, sagte sie in einem Tonfall, der keinen Widerspruch aufkommen ließ. „Mit den Todesäpfeln sind wir unschlagbar.“

Wir hatten Glück, wollte Art ihr entgegenhalten. Und: Du hast ja keine Ahnung, zu welchen Mitteln die Aras greifen können, um ihre Macht zu erhalten.

Er sprach nichts davon aus. Weil er sich scheute, Thinas Illusionen zu zerstören. Außerdem wurde ihre Aufmerksamkeit abgelenkt. Zwei Männer eilten im Laufschritt heran. Sie brachten neue Todesäpfel.

Wenig später wurde auch der letzte Roboter von der Säure vernichtet. Zurück blieben außer seinen Beinen ab dem Kniegelenk eine Lache geschmolzenen Metalls und zwei Keimlinge, die rasch Blätter und einen Fächer von Luftwurzeln ausbildeten.

Nur der Umstand, daß zwei von ihnen ihr Leben verloren hatten, trübte die Freude der Eingeborenen.

5.

Arthur Konstantin bezweifelte zu Recht, daß der Sieg über die Roboter so nachhaltig war, wie seine neuen Freunde hofften. Es war wohl nur eine Frage der Zeit, bis eine besser ausgerüstete Strafexpedition eintraf.

Er redete mit Engelszungen, um Thina begreiflich zu machen, daß sie trotz allem gezwungen war, das Dorf aufzugeben und weiter entfernt als je zuvor neu zu beginnen. Sie wollte nicht begreifen, daß sie keineswegs eine entscheidende Schlacht, sondern bestenfalls ein Geplänkel gewonnen hatte.

„Wir gehen, wenn du uns begleitest“, wiederholte

Thina schließlich. Sie war eine schöne Frau. Art ertappte sich dabei, daß er sie unbewußt mit Shari verglich. Auch ihr haftete eine Ausstrahlung an, die nicht minder faszinierend war.

Auf gewisse Weise fiel es ihm schwer, sie enttäuschen zu müssen.

„Ich habe mich anders entschieden“, erwiderte er.

„Du gehst zu den Sternen zurück?“

„Ich will zur Kuppel der Dürren.“

„Du warst ihr Gefangener, folglich werden sie dich wieder einsperren. Ist das die Freiheit, die du dir bei deiner Flucht durch die Wüste erträumt hast?“

„Es ist der Weg, den ich gehen muß. Das habe ich beinahe zu spät erkannt.“

Thina schüttelte den Kopf. „Wie soll ich sicher sein, das Richtige zu tun, wenn du selbst im Widerspruch zu deinen Worten handelst?“

Sie war nicht leicht zu überzeugen. Auch in der Hinsicht erinnerte sie Art an Shari.

„Sieh es einfach so“, sagte er nach einigen Augenblikken betretenen Schweigens, „daß ich herauszufinden versuche, was mit den entführten Männern und Frauen deines Volkes geschehen ist.“

„Sie sind nie zurückgekehrt.“

„Das heißt nicht, daß sie tot sind.“

„Du wirst ebenfalls nicht zu uns zurückkehren.“

„Ich bin ein Fremder auf dieser Welt, Thina.“ Die Worte sollten ihr das Gefühl geben, nichts zu verlieren, wenn er ging, klangen aber eher wie eine dürftige Entschuldigung.

Thina wandte sich abrupt um und ließ ihn einfach stehen. Arthur schaute ihr schweigend hinterher. Er verstand, warum sie vor jedem Roboterwrack verharrte und die mittlerweile gut einen halben Meter hohen Keimlinge betrachtete.

Niemand gab sich Mühe, die Spuren des Kampfes zu

verwischen. Lediglich für die beiden Toten wurde ein Scheiterhaufen errichtet.

Art nahm einen der schweren Paralysatoren an sich, die die Roboter getragen hatten. Routinemäßig überzeugte er sich davon, daß das Energiemagazin noch genügend Kapazität hatte. Die Waffe, wenngleich sie ihm gegen Roboter herzlich wenig nutzte, gab ihm zumindest das Gefühl, nicht völlig wehrlos zu sein. Er schulterte sie und wandte sich an Jatungo: „Wo liegt die große Kuppel der Dürren?"

„Im Osten", erwiderte Thins Stellvertreter, der mittlerweile die Folgen der Paralyse überwunden hatte. „Mehr als fünf Tagesritte entfernt." Er war wohl der einzige, der Arts Entscheidung bedingungslos guthieß. Von Anfang an hatte er in dem Terraner nur einen unliebsamen Konkurrenten gesehen. Art war keineswegs entgangen, mit welchen Blicken Jatungo die Anführerin immer wieder bedachte.

„Wenn du gehst, Terraner, dann nicht allein." Thina schien ihre Ohren überall zu haben. So schnell sie sich abgewandt hatte, so schnell kam sie wieder auf Art zu. Eine deutlich spürbare Unruhe hatte sich ihrer bemächtigt; offenbar wurde ihr allmählich bewußt, daß der Sieg über die Maschinenmenschen nicht ohne weiteres wiederholbar war.

„Du hast die Gefahren kennengelernt, die unsere Welt bereithält", fuhr sie unumwunden fort, wobei sie Jatungo mit einem mißbilligenden Blick streifte. „Ich würde es mir niemals verzeihen, dich ohne Schutz gelassen zu haben."

„Gib mir nur eines eurer Reittiere . . ."

Zum erstenmal an diesem Tag lächelte Thina wieder. „Schon nach der ersten Nacht wärest du gezwungen, deinen Weg zu Fuß fortzusetzen. Wer nicht mit den Vögeln aufgewachsen ist, wird nie mit ihnen klarkommen." Sie fixierte ihren Stellvertreter. „Jatungo wird meinen Stamm durch den Großen Wald nach Süden führen. Ich begleite dich. Zusammen mit zwei meiner besten Jäger.“

Die Vorbereitungen nahmen nicht viel Zeit in Anspruch, und die vier Reiter brachen bereits knapp eine Stunde später auf.

Erstmals erlebte Arthur Konstantin bewußt einen Ritt auf dem Rücken eines Laufvogels. Er war überrascht, wie bequem er in dem einfachen Sattel saß, und die zusätzlich um den Rücken geschlungenen Lederriemen gaben ihm guten Halt. Schnell gewöhnte er sich auch an die eigentümlich schaukelnde Gangart.

Die Vögel folgten Thinas Leittier, ohne daß es der Zügel oder eines Schenkeldrucks bedurft hätte. Nach einigen Stunden wurde der Wald lichter, und die Geschwindigkeit steigerte sich. Art schätzte, daß sie mehr als dreißig Kilometer in der Stunde zurücklegten.

Überrascht stellte er fest, daß die Vögel über rudimentäre Reste von Flügel verfügten, die normalerweise unter dem dichten Gefieder verborgen lagen. Ab einem bestimmten Tempo breiteten die Vögel diese Stummelflügel aus, offensichtlich um ihr Gleichgewicht während des schnellen Laufes zu stabilisieren. Art machte es Thina und den beiden Männern gleich, die sich leicht nach vorne beugten und mit den Händen die Flügelansätze umklammerten. Anfangs bereitete ihm diese Haltung noch Unbehagen, aber nach einer Weile verflogen die Rückenschmerzen, und ein Gefühl ungewohnter Leichtigkeit breitete sich aus.

Bis zum Abend wich der Wald einer weitgestreckten Seenplatte. Im Hintergrund ragten bizarre, blutrot gefärbte Felsen auf, aber je weiter die Sonnen sich dem Horizont zu neigten, desto mehr wich das Rot einem dunklen Blau. Die Felszacken begannen mit dem Himmel zu verschmelzen und waren zu Beginn der Dämmerung nahezu unsichtbar. Hätte er es nicht besser gewußt, Art wäre zu schwören bereit gewesen, daß da nichts anderes war als eine leicht hügelige, weitläufige Ebene.

Die erste Nacht verbrachten sie am Ufer eines kleinen Sees. Thina deutete auf eine Ansammlung kantiger Felsbrocken inmitten eines ansehnlichen Geröllfelds. Bequem war der Lagerplatz weiß Gott nicht, zumal schon wenige hundert Meter entfernt weicher Moosboden begann, aber Art schwieg und überließ seinen Führern die Wahl. Erst jetzt spürte er, wie sehr ihn die Müdigkeit schon im Griff hatte. Sein letzter bewußter Gedanke war, daß es ein indischer Fakir vielleicht noch etwas unbequemer hatte.

Mitten in der Nacht schreckte er hoch. Wolken hatten den Sternenhimmel verdeckt, und es herrschte nahezu undurchdringliche Finsternis. Leise plätschernd rollten die Wellen auf den Strand. Sie schienen größer geworden zu sein.

Arthur schaffte es nicht, sich wachzuhalten. Die Anstrengung des ungewohnten Rittes forderte ihr Recht.

Ein Geruch wie von starkem Kaffee weckte ihn, als die erste der beiden Sonnen aufging. Die Eingeborenen hatten über einem kleinen Feuer Wasser erhitzt und streuten getrocknete Kräuter hinein.

Arthur Konstantin streifte sich das Hemd ab und schickte sich an, ein paar Züge im See zu schwimmen. Thina hielt ihn jedoch mit einem warnenden Aufschrei zurück.

„Geh nicht ins Wasser!“ rief sie. „Das ist zu gefährlich!“

Art blieb abrupt stehen. Das kühle Naß schwappte ihm gerade bis über die Knöchel.

„Was ist los?“ wollte er wissen. Das Wasser schien weder säurehaltig zu sein, noch beherbergte es blutgierige Kleinlebewesen. Zumindest erschien alles völlig normal.

Die Eingeborenen deuteten zu den grasbewachsenen Uferflächen hinüber.

„Wir hatten während der Nacht Besuch."

Auf den ersten Blick erkannte Art keine Veränderung. Aber dann machte Thina ihn auf eine gut mannshohe Erhebung aufmerksam, die er am Abend zuvor noch nicht gesehen hatte.

„Es war gut, daß wir zwischen den Felsen lagerten", sagte sie. „Irgendwann in der Nacht hat eine Tarrakuh den See verlassen. Ohne den Geröllstreifen zwischen ihr und uns hätte sie uns zerfleischt."

Arthur Konstantin zog es nun doch vor, wieder trockenen Boden aufzusuchen. Er deutete auf das dunkelbraun bis grün gefleckte Gebilde.

„Was ist das?" fragte er.

„Ein Ei", lautete die lapidare Antwort. „Die Sonnen werden es in den nächsten Jahren ausbrüten, und eines Tages hat der See einen neuen Beherrscher."

Dem Ei nach zu schließen, hatte die Tarrakuh ungefähr die Größe eines Dinosauriers. Und vermutlich war das Tier alles andere als harmlos. Obwohl Art während seiner Ausbildung viel über extraterrestrische Fauna gelernt hatte, erschauderte er bei dem Gedanken daran, daß weder er noch seine Begleiter das Monstrum gehört hatten, als es nachts den See verließ. Aus irgendeinem Grund bildete nur das Geröllfeld ein unüberwindbares Hindernis. Art dachte kurz daran, daß er ohne die Erfahrung der Eingeborenen wahrscheinlich jetzt schon große Schwierigkeiten gehabt hätte. Er bezweifelte, daß der Paralysator die richtige Waffe war, um mit einem solchen Monstrum fertig zu werden.

„Tagsüber droht keine Gefahr", erklärte Thina. „Wir brauchen nichts zu überstürzen."

Arthur stärkte sich ausgiebig mit Dörrfleisch und dem kaffeeähnlichen Getränk aus dem Proviant der Eingeborenen. Geredet wurde nur wenig. Er hing seinen eigenen Gedanken nach, die sich fast ausschließlich um die Aras drehten. Hatte er überhaupt eine Möglichkeit, unbemerkt in die Station einzudringen?

„Woran denkst du, Terraner?“ Thina mußte die Frage zweimal wiederholen, bis er endlich reagierte.

„An eine Aufgabe, die ich zu erfüllen habe“, erwiderte Art ausweichend.

Sie drang nicht weiter in ihn, sondern gab den Befehl zum Aufbruch. „Heute und morgen wird sich nicht viel verändern“, sagte sie wie beiläufig. „Erst in zwei Tagen erreichen wir das Gebiet, wo die Sterne vom Himmel herabsteigen.“

„Die Sterne?“ fragte Arthur Konstantin verblüfft.

Anstelle einer Antwort ließ Thina ihrem Reittier die Zügel schießen. Der Vogel war ausgeruht, und das Gelände übersichtlich und ohne nennenswerte Hindernisse.

An diesem Morgen überwanden die Reiter noch eine beachtliche Distanz.

Die Seenplatte erstreckte sich bis an den fernen Horizont. An manchen Stellen wirkte das Land, als hätte ein gigantischer Hobel sämtliche Unebenheiten ausgemerzt. Die Spuren, die die letzte Eiszeit hinterlassen hatte, waren unübersehbar.

Am Spätnachmittag bog Thina nach Norden ab. Steppenartige Vegetation bestimmte bald das Bild. Wie von der Hand eines Riesen hingewürfelt, lagen riesige Findlinge verstreut.

Im Schatten eines dieser Felsen schlugen die Eingeborenen ihr Lager auf.

Die Nacht verlief ruhig. Arthur Konstantin schlief den Schlaf der Erschöpfung, und als er endlich aufwachte, waren Thina und ihre Begleiter schon fertig zum Aufbruch.

Die Hitze des neuen Tages kündete sich früh an. Bis zum Mittag brannten beide Sonnen erbarmungslos vom Firmament herab. Die Reiter waren letztlich gezwungen, im Schatten eines Felsens Zuflucht zu suchen und die kühleren Abendstunden abzuwarten.

Anschließend ritten sie bis tief in die Nacht hinein.

Der Angriff erfolgte überraschend. Lautlos stießen die nächtlichen Räuber aus der Höhe herab. Arthur Konstantin bemerkte die Tiere erst, als eines der etwa dreißig Zentimeter langen, an Fledermäuse erinnernden Geschöpfe die Krallen in seine Schulter bohrte.

Der Anprall wäre heftig genug gewesen, ihn aus dem Sattel zu reißen. Nur weil sein Reittier die Gefahr im letzten Moment zu wittern schien und zur Seite auswich, konnte er sich auf dem Rücken des Laufvogels halten.

Während Art instinktiv den Zügel um den rechten Unterarm schlang, packte er mit der Linken zu. Zwei kantige Schnäbel hackten nach seiner Hand, er umklammerte einen der beiden dünnen Hälse und schleuderte den Angreifer von sich.

Im nächsten Moment bockte der Laufvogel. Art wurde derart heftig nach hinten geschleudert, daß der Lederriemen zerriß. Sekundenlang hing er beinahe waagerecht in der Luft, dann stürzte er schwer, und Zaumzeug und Sattel krachten auf ihn herab.

Kreischende Laute ausstoßend, floh das Reittier, von einem Schwarm der vermeintlichen Fledermäuse verfolgt.

Erst jetzt erkannte Arthur, daß es sich um kleine, drachenähnliche Kreaturen handelte. Die Biester besaßen dünne, lederhäutige Flügel, zwei schlanke, biegsame Hälse mit Vogelköpfen und jeweils zwei kräftige Fänge, die einem Raubvogel zur Ehre gereicht hätten. Und sie traten in Schwärmen auf. Die wenigen Tiere, die die Reiter angegriffen hatten, waren nur die Vorhut. Noch knapp einen halben Kilometer entfernt, verdunkelten Hunderte von ihnen die Sterne.

Thina war ebenfalls im ersten Ansturm aus dem Sattel geworfen worden. Breitbeinig stand sie nun da, ihr kurzes Schwert mit beiden Händen führend, und jeder Hieb tötete einen der angreifenden Drachen. Doch es waren einfach zu viele.

„Die Hayushas werden nicht viel von uns übrig lassen!“ rief sie verbittert.

Die beiden anderen Eingeborenen versuchten verzweifelt, ihre Reittiere im Zaum zu halten und sich der angreifenden Drachen zu erwehren – ein Unterfangen, das von Anfang an zum Scheitern verurteilt war.

Art schlug inzwischen wie besessen um sich. Sobald er ein wenig Luft fand, bemühte er sich, den Paralysator vom Sattel zu lösen.

„Warum hast du nichts von diesen Biestern erwähnt, Thina?“ rief er. „Wir hätten einen anderen Weg nehmen können.“

„Das Gebiet der Hayushas liegt viel weiter nördlich“, erwiderte einer der Männer gepreßt. „In diese Breiten verirren sie sich sonst nie. Sie müssen aufgescheucht worden sein.“

„Vielleicht von den Aras . . .“ Drei, vier Angreifer stürzten sich gleichzeitig auf ihn. Art konnte sich ihrer Attacken kaum erwehren. Er fühlte sich wie Herakles im Kampf gegen die Hydra. Für jeden Kopf, den er abschlug, schien mindestens ein weiterer nachzuwachsen.

Endlich hatte er den Paralysator aus den Gurten gelöst. Mit einer raschen Drehung feuerte er auf alles, was sich ringsum in der Luft bewegte.

Mit zuckenden Fängen und heftig schlagenden Schwingen klatschten die Drachen zu Dutzenden zu Boden. Ihre Bewegungen erlahmten zwar nur langsam, doch schon ein Streifschuß genügte, sie auszuschalten.

Arthur Konstantin empfing den näherkommenden Schwarm mit einer gut gezielten Salve. Innerhalb weniger Minuten leerte er das Energiemagazin bis auf eine geringe Reserve, danach herrschte Ruhe. Ein paar einzelne Tiere, die den Lähmschüssen entgangen waren, aber sichtlich verwirrt wirkten, streckten die Eingeborenen mit ihren Schwertern nieder.

„Wie geht es nun weiter?“ fragte Art, als er endlich den Sicherungshebel umlegte. „Einen zweiten Angriff werden wir nicht so heil überstehen. Die Tiere sind nur gelähmt, und über kurz oder lang werden sie wieder munter." Dafür, daß er versäumt hatte, Ersatzmagazine einzustekken, schalt er sich selbst einen verdammten Narren.

Das Haar hing Thina in wirren Strähnen ins Gesicht, ihre Kleidung war blutverschmiert und an den Schultern von den scharfen Krallen der Drachen zerfetzt.

„Dann müssen wir die Hayushas töten", sagte sie tonlos. „Einen zweiten Schwarm brauchen wir nicht zu fürchten. Das würde allem widersprechen, was wir über diese Tiere wissen."

Einer der Männer hatte inzwischen mehrere paralysierte Drachen umgedreht. „Die Tiere sind tot", stellte er aufatmend fest.

Zum Beweis hob er einen der Drachen hoch. Das doppelköpfige kleine Monstrum lebte wirklich nicht mehr.

Nur einer der Reitvögel und ein wenig Proviant waren ihnen geblieben.

„Das reicht nicht für uns alle", stellte Thina fest.

„Ich gehe allein weiter!" sagte Art bestimmt. Für ihn gab es keine Umkehr mehr.

„Du würdest nicht weit kommen, Terraner! Vor uns liegt ein Ausläufer der Wüste, den wir durchqueren müssen."

„Aber . . ."

Thina ließ sich in die Hocke sinken und rollte sich auf dem Boden zusammen. „Du solltest ebenfalls schlafen", sagte sie. „Wer weiß, ob du in nächster Zeit noch Ruhe finden wirst."

Arthur Konstantin wollte protestieren, schluckte seinen Ärger dann aber hinunter. Thina hatte auch mit dem, was sie nicht laut sagte, völlig recht – während der Nacht war jeder Versuch illusorisch, die Reittiere einzufangen.

Irgendwann, in Morpheus' Armen liegend, spürte Art eine sanfte Berührung an seiner Seite. Er wachte dennoch nicht auf, sondern fiel sofort wieder in einen tiefen, traumlosen Schlaf.

Das Erwachen war angenehm. Thina hatte sich während der Nacht an ihn gekuschelt. Er spürte ihre Erregung.

„Was wird Jatungo sagen?“

„Er ist mein Stellvertreter, nicht mehr.“

Wohlig seufzend, ließ Art sich zurücksinken. Shari hätte ihn jetzt geküßt, aber Thina kannte diese Sitte nicht. Ihre Stirn berührte lediglich die seine, und so verharrte sie minutenlang.

„Werden wir uns wiedersehen, Terraner?“ fragte sie mit belegter Stimme. „Versprich mir, daß du auf dich aufpaßt!“

Art nickte knapp. Suchend schweifte sein Blick durch den Morgennebel, der wie ein zarter Hauch über dem Land hing.

„Wo sind die Männer und der Vogel?“

„Sie sind vor dem Morgengrauen aufgebrochen, um die versprengten Tiere zu suchen.“

Art erwiderte Thinas Zärtlichkeit nicht. Viel zu sehr war er in Gedanken mit den Aras beschäftigt. Die Frau resignierte schließlich.

„Schade“, sagte sie. „Ich hatte gehofft, du würdest deinen verrückten Plan aufgeben.“

Langsam wandte er den Kopf, schaute sie nachdenklich an. „Du erinnerst mich an einen Menschen, der mir einmal sehr nahe stand. Laß mir etwas Distanz, Thina. Unser Abschied würde sonst schmerzhaft werden.“

„Wo ist sie heute, die Frau, von der du sprichst?“

„Sie lebt nicht mehr.“

„Du warst dabei, als sie starb?“

Arthur Konstantin nickte schwer. „Ich war der einzige, der ihr hätte helfen können, aber ich habe versagt. Verstehst du!? Mein bester Freund hat mir später vorgeworfen, daß ich an Sharis Tod schuld war.“

„Du warst es nicht?“

„Nein", sagte Art nach einer Weile. „Eine unabhängige Untersuchungskommission hat später bestätigt, daß eine Verkettung unglücklicher Umstände zu dem Unfall führte."

„Und dein Freund?"

„Er wurde mein schlimmster Feind. Viel zu spät erkannte ich, was Shari auch für ihn bedeutet hatte."

„Wenn du darüber reden willst, ich bin ein guter Zuhörer", bekannte Thina.

A 93 – hinter dieser Bezeichnung verbarg sich ein kleiner, unscheinbarer Asteroid, unregelmäßig geformt – ein bizarrer Schlackeklumpen, der vor Jahrtausenden von einer Sonne eingefangen worden war und sie seither auf einer stabilen Bahn umkreiste.

Niemand wäre je auf den Verdacht verfallen, der öde Felsbrocken könnte die Basis einer Piratenbande sein, die jahrelang einen Sektor von mehreren hundert Lichtjahren Durchmesser terrorisierte und mit ihren Überfällen auf Passagierschiffe und Frachter beinahe interstellare Verwicklungen heraufbeschworen hätte.

Erst der Einsatz mehrerer Flotteneinheiten und eines fetten Lockvogels hatte die Piraten zur Strecke gebracht. A 93 war anschließend identifiziert und als ideales Anschauungsobjekt für Kadetten erklärt worden.

Die beiden Abwehrforts zu knacken, war für die Galaktische Abwehr ein Kinderspiel gewesen, das Vordringen in die Station ebenfalls.

Natürliche Hohlräume von überraschenden Ausmaßen und geradezu überwältigender Schönheit hatten sich vor den Terranern aufgetan. Eigentlich war A 93 ein riesiger Kristall, auf dessen Oberfläche sich im Lauf von Jahrtausenden kosmischer Staub zu einer dicken Schicht abgelagert hatte.

Shari, Arthur Konstantin und Torrem Mibeck waren gemeinsam ins Zentrum des Asteroiden vorgedrungen, ohne auf nennenswerten Widerstand zu stoßen. Deshalb rechnete niemand mehr mit dem Vorhandensein von Fallen.

Die herrschende künstliche Schwerkraft erleichterte die Orientierung und gab den vereinzelt anzutreffenden schmalen Brücken, die sich über schroffe Schluchten spannten, überhaupt erst eine Existenzberechtigung.

Shari hielt Art zurück, als er eine der Brücken betreten wollte, die zum zentralen Kraftwerk führte.

„Ich habe das gleiche Recht wie du oder Torrem, vorne dran zu sein“, sagte sie lächelnd.

Sie machte genau drei Schritte. Danach erwies sich die scheinbar massive Brücke als trügerisches Hologramm.

Shari schrie gellend auf, als sie ins Leere trat. Vergeblich versuchte sie noch, sich herumzuwerfen, fand aber erst acht oder neun Meter tiefer an einer vorspringenden Felsnase Halt.

Keiner der drei trug einen Kampfanzug mit Antigravaggregat. Während Shari unaufhaltsam weiter abrutschte, versuchten die beiden Kadetten einen halsbrecherischen Abstieg. Arthur Konstantin schaffte es vor Mibeck. Bäuchlings auf der Felsnase liegend, schob er sich Zentimeter um Zentimeter weiter, bis er Shari endlich die Hand reichen konnte.

Er berührte gerade ihre Fingerspitzen, als sie endgültig abrutschte und mehr als zweihundert Meter tief stürzte.

„Du hattest sie!“ brüllte hinter ihm Torrem Mibeck unbeherrscht los. „Warum hast du wieder losgelassen? Hattest du Angst davor, daß Shari dich mit in die Tiefe reißt?“

Art war viel zu erschüttert, darauf zu antworten. Er kauerte auf dem Felsvorsprung, bis ihn einer der Soldaten mit einem Antigrav nach oben holte.

Thina hatte aus der Erzählung den Schmerz der Erinnerung herausgehört. Diplomatisch lenkte sie das Gespräch auf andere Themen. Art reagierte jedoch zunehmend abweisender, und bald schlief die Unterhaltung gänzlich ein.

Kurz vor dem Mittag kehrten die beiden Eingeborenen zurück. Sie hatten die Reittiere einfangen können.

Dichte Wolkenbänke waren inzwischen aufgezogen und verdunkelten die Sonnen. Es wurde fast unerträglich schwül. Dennoch vergingen Stunden, bis das erwartete Gewitter endlich losbrach.

Der Himmel öffnete alle Schleusen. Der niedergehende sintflutartige Regen begrenzte die Sicht auf wenige Meter. Trotzdem ritten die vier unbeirrt weiter. Es gab weit und breit keinen Unterschlupf vor dem tobenden Unwetter.

Der Regen und das Gewitter hielten die Nacht hindurch an. An Schlaf war nicht zu denken. Erst in der Morgendämmerung brach die Düsternis auf.

Die Ausläufer der Wüste lagen inzwischen in Sichtweite.

Von nun an brannten die Sonnen wieder erbarmungslos herab. Die Reiter rasteten tagsüber und ritten während der Dämmerung und zum Teil auch in der Nacht.

Irgendwann hörte Arthur Konstantin ein vertrautes fernes Donnern. Angespannt suchte er den Himmel ab, bis er einen größer werdenden Lichtpunkt entdeckte.

Thina war seinem Blick gefolgt. „Das Gebiet der fallenden Sterne liegt vor uns“, sagte sie.

Art ließ sie in dem Glauben. Er verspürte kein Verlangen, die Eingeborenen über die Funktionsweise von Raumschiffen aufzuklären. Schon ihre naive Erzählung hatte ihm verraten, daß nahe der großen Kuppel der Aras ein Raumhafen existierte. Jetzt sah er seine Hoffnungen bestätigt.

Das landende Schiff hinterließ eine leuchtende Spur ionisierter Gase, bevor es unter dem Horizont verschwand.

Eineinhalb Tage dauerte der Ritt durch diesen Teil der Wüste, bis endlich wieder karge Vegetation die Dünen überzog und bald darauf eine steppenähnliche Landschaft das Bild bestimmte. Zweimal hatte Art sich mit dem Paralysator gegen jene Kreaturen zur Wehr zu setzen, die unter dem Sand verborgen ihren Opfern auflauerten. Er hoffte, daß die Aras die schwachen Energieemissionen der Schüsse nicht angemessen hatten und für ihn unangenehme Folgerungen daraus zogen.

Aber alles blieb ruhig. Weder Gleiter noch Roboter erschienen.

Unweigerlich kam der Zeitpunkt der Trennung von Thina und ihren Begleitern. Von der Kuppe eines Hügels aus war die Station der Aras als ausgedehnter Gebäudekomplex zu erkennen. Art schätzte die überbaute Fläche auf mehrere Kilometer.

Mit Desintegratoren war das Gelände hinter der Station für den Bau des Raumhafens eingeebnet worden. Eine Hügelkette am Rand der Piste hatten die Aras glatt durchgeschnitten. Zwei kleine Raumschiffe standen dort. Die Entfernung war jedoch zu groß, als daß Art mit bloßem Auge mehr hätte erkennen können.

„Hierher wurden die Gefangenen verschleppt?“ fragte Art.

„Die meisten von ihnen“, bestätigte Thina und fügte zögernd hinzu: „Willst du wirklich allein gehen?“

Sie würde ihn begleiten. Ohne Rücksicht auf ihr eigenes Leben. Und die beiden Männer ebenfalls. Art brauchte sie nur anzusehen, um ihre Entschlossenheit zu erkennen. Trotzdem schüttelte er den Kopf.

„Die Gefahr, entdeckt zu werden, wäre um ein Vielfaches größer. Ihr hättet wenig Chancen, euch in der fremden Umgebung zurechtzufinden.“

„Mögen die Götter von Imhar dir wohlgesonnen sein!“ Thina schlang ihre Arme um seinen Hals und preßte ihre Stirn gegen seinen Mund. Art widerstand der Versuchung, sie in den Arm zu nehmen. Damit wäre nichts einfacher geworden – weder für ihn, noch für Thina.

Sanft löste er sich aus ihrem Griff.

„Falls ich Erfolg habe, wird dein Volk nicht mehr unter den Fremden leiden."

„Ich denke an dich!" versprach Thina. Abrupt wandte sie sich ab, um den feuchten Schimmer in ihren Augen zu verbergen.

Arthur Konstantin blickte den drei Reitern hinterher, bis sie jenseits des nächsten Dünenkamms verschwanden. Sein Reittier hatten sie mitgenommen. Die letzten Kilometer konnte er zu Fuß weniger auffällig zurücklegen.

6.

Arthur Konstantin schlug einen weiten Bogen, um die Station von der anderen Seite her, aus Richtung des Raumhafens anzugehen.

Ein überlautes Dröhnen aus nicht allzu großer Höhe ließ ihn jäh zusammenzucken. Ein Raumschiff schwebte viel zu schnell und mit hohem Bremsschub ein. Die Impulsdüsen loderten gespenstisch durch die beginnende Abenddämmerung.

Geblendet schloß Art die Augen, als das Raumschiff über ihn hinweg donnerte. Sekunden später peitschte die Druckwelle den feinen Wüstensand heran. Der Terraner lag da allerdings schon bäuchlings auf dem Boden und krallte sich fest, um von dem entfesselten Sturm nicht mitgerissen zu werden.

In Gedanken sah er den Raumer aufschlagen und in einer atomaren Kettenreaktion verglühen, aber der Pilot fing das Schiff höchstens noch fünfhundert Meter über dem Boden ab und landete mit einer Präzision, die ihresgleichen suchte.

„Verrückt!" murmelte Art, als er sich mühsam aufrappelte und den Sand abschüttelte. „Das sind entweder Hasardeure oder Selbstmörder."

Der Beinahe-Absturz hatte hoffentlich alle Aufmerksamkeit auf den Raumer gelenkt. Art eilte im Laufschritt weiter. Sein Vorteil war, daß die Aras sich sehr sicher fühlten. Andernfalls hätten sie nicht darauf verzichtet, einen Sperrstreifen rings um das Hafenareal anzulegen.

Aus dem Schutz einer kleinen Buschgruppe heraus beobachtend, entdeckte er lediglich Projektoren für ein einfaches Prallfeld, das aber nicht aktiviert war.

Das eben gelandete Raumschiff war einer der wenig vertrauenerweckenden Trampfrachter. Die Kugelzelle mit den bizarren Aufbauten hatte Arthur Konstantin vor nicht allzu langer Zeit schon einmal gesehen. Auf dem Raumhafen von Charisma! Er wußte, daß er sich nicht irrte.

Die Entladearbeiten begannen. Scheinwerferbatterien tauchten den Landeplatz in eine Lichtflut, die die beginnende Nacht um so undurchdringlicher erscheinen ließ. Schwere Antigravplattformen pendelten zwischen dem Frachter und einer Lagerhalle hin und her.

In völliger Finsternis näherte Art sich einem der Prallfeldprojektoren bis auf Reichweite. Die kegelförmigen, eineinhalb Meter hohen Gebilde waren nicht gerade die neueste technische Errungenschaft. Laserschranken aktivierten bei Kontaktunterbrechung das Prallfeld.

Die Projektoren selbst waren ungeschützt – auf Imhar gab es niemanden, der mit High-Tech hätte umgehen können. Niemanden außer Arthur Konstantin. Zwei Projektoren so zu manipulieren, daß sie ihn nicht registrierten, bereitete ihm wenig Mühe. In seiner Ausrüstung – zum Teil im Gürtel verborgen, aber auch im Kleidungsfutter eingenäht – befand sich ausreichend Spezialwerkzeug.

Zielsicher legte er die Wartungsöffnung des ersten Projektorkegels frei. Der Mikrosensor für die Lokalisierung von Kriechströmen war ihm dabei eine unschätzbare Hilfe. Es gab mehrere Möglichkeiten, die Abdeckung zu lockern, aber nur eine davon löste keinen Alarm aus.

Für die Messungen benötigte Art mehr Zeit als für die eigentliche Arbeit an den Steckverbindungen. Nach einer halben Stunde war der Projektor jedoch neu justiert. Das Ausbleiben eines Impulses würde keine Reaktion mehr hervorrufen.

Der zweite Kegel lag dreihundert Meter entfernt. Art brauchte nur noch das Sendeteil zu blockieren.

Für alle Fälle hielt er sich den Rücken frei. Falls ein Rückzug erforderlich wurde, konnte er erneut unbemerkt passieren.

Die Entladearbeiten beim Trampfrachter waren in vollem Gang. Art fragte sich, welchen Nachschub die Aras erhielten. Bestimmt handelte es sich nicht nur um Lebensmittel.

Die Lage der Gebäude erinnerte an Stationen auf anderen Welten. Alle raumfahrenden Völker hielten sich an ein gewisses Schema. Lagerhallen, Desinfektionsschleusen und die Defensivbewaffnung wurden peripher errichtet, dahinter lagen die Konverter der Energieversorgung ebenso wie die Kranken- und Funkstation. Die Kuppel im Zentrum beherbergte den Wohntrakt sowie Labors und Forschungseinrichtungen.

Arthur Konstantin nutzte den Schutz der Dunkelheit. Den Paralysator hatte er zwischen den Dünen zurückgelassen. Zum einen fürchtete er, wegen des Energiemagazins leichter geortet zu werden, zum anderen half ihm die Lähmwaffe innerhalb bestimmt nicht mehr weiter.

Roboter kontrollierten das Entladen des Trampfrachters. PHÖNIX stand in großen Lettern über der unteren Ladeluke – eine typisch terranische Beziehung. Allerdings waren Zweifel angebracht, daß das Schiff einem terranischen Eigner gehörte.

„Phönix . . .“, murmelte Arthur Konstantin im Selbstgespräch, aber die Worte, die ihm über die Lippen kamen, waren kaum mehr als ein flüchtiger Hauch. „Der sagenhafte Vogel der alten Ägypter, der sich ins Feuer stürzte und aus der Asche neu erstand . . .“

Phönix war ein Symbol der Auferstehung und Unsterblichkeit. Doch aus dieser Zufälligkeit Schlüsse auf die

Tätigkeit der Aras zu ziehen, hätte bedeutet, weit über das Ziel hinauszuschießen. Mit einer unwilligen Handbewegung wischte Art jeden diesbezüglichen Gedanken beiseite.

Obwohl ...

Unsterblichkeit war ein Thema, das jedes Volk beschäftigte, zuallererst natürlich die Galaktischen Mediziner. Was würden sie nicht alles geben, um das Geheimnis der Zelldusche zu ergründen, die Perry Rhodan und andere Persönlichkeiten des Solaren Imperiums auf Wanderer erhalten hatten. Und wie interessiert mußten sie erst dran sein, die Wirkungsweise der Zellschwingungsaktivatoren zu ergründen. Für ein solches Wissen würden sie die letzten Skrupel über Bord werfen.

Die PHÖNIX kam von Charisma, das stand für Arthur Konstantin eindeutig fest. Charisma war eine terranische Siedlungswelt – daher also der irdische Name.

Art dachte an den Venuspark und die Anpflanzung der Arranda-Orchideen. In den Erläuterungen hatte es geheißen, daß die auf der Venus heimischen, überaus empfindlichen Pflanzen schon bei der geringsten Verletzung abstarben.

Wieso dann der neue Austrieb, nachdem ein Roboter alle Blüten abgeschnitten hatte?

Mit dem Instinkt des geschulten Agenten erkannte Art, daß er auf der richtigen Spur war. Die Aras experimentierten mit den mental begabten Pflanzen, zu denen sie nur auf Charisma Zugriff hatten.

Welche Rolle spielten dabei die Bewohner von Imhar? Sie waren Arkonidenabkömmlinge, von denen niemand in der Galaxis wußte. Bedeuteten sie für die Aras nichts anderes als Versuchskaninchen? – Ein verwegener Gedanke, aber keineswegs zu weit hergeholt.

Die Lagerhallen waren uninteressant. Arthur Konstantin lief auf die nächsten Gebäude zu. Hell erleuchtete Fensterreihen zeigten ihm die sterile Einrichtung der

Labors, zu seiner Linken lag die Funkstation, und noch weiter entfernt die Konverterhalle.

Art war ein Schatten in der Nacht, lautlos, geschmeidig und unsichtbar. Er verstand sein Handwerk. Nur ein Zufall hätte ihn jetzt noch verraten können.

Drüben, bei der Konverterhalle, flammte ein neues Licht auf – das scharf umrissene Viereck eines Tores. Eine menschliche Gestalt trat ins Freie. Das war kein Roboter, ebensowenig aber die hagere Silhouette eines Aras.

Arthur beschleunigte seine Schritte. Hundert Meter trennten ihn noch von der Halle. Der Mann, der dort erschienen war, führte Wartungsarbeiten an der Außenseite des Tores aus.

Kies knirschte unter seinen Füßen. Art erschien das Geräusch lauter als alles andere. Trotzdem hatte ihn der Mann vor dem Tor nicht gehört.

Sein helles, kurzes Haar wirkte in der Lichtfülle wie ein Heiligenschein. Er trug eine graue Montur ohne Besonderheiten.

Warum Art plötzlich überzeugt war, einen der entführten Eingeborenen vor sich zu haben, wußte er selbst nicht. Wahrscheinlich, weil der Mann Hilfsdienste verrichtete.

Das Tor glitt wieder zu. Art sprintete erst im letzten Moment los. Unmittelbar hinter ihm schloß sich der schwere Flügel aus Arkonstahl.

Das schwache Summen arbeitender Aggregate hing in der Luft. Der Mann, dem Art folgte, verschwand in einem Seitengang zwischen zwei Generatorenblöcken. Er kontrollierte die Anzeigen und Skalen – eine Tätigkeit, die ein Roboter zweifellos schneller und zuverlässiger hätte erledigen können.

Unvermittelt wandte er sich um. Sein Gesicht zeigte Erschrecken und Angst zugleich.

Er setzte zu einem Schrei an, doch wurde nur ein ersticktes Gurgeln daraus. Art hatte ebenso schnell zu ihm aufgeschlossen und preßte ihm die Hand auf den Mund.

„Ich komme von Thina!“ raunte er. „Sie macht sich Sorgen um die Entführten.“

Der Mann starrte den Terraner ungläubig an. Gleichzeitig erlahmte sein Widerstand.

Als Art die Hand zurückzog, rang der Eingeborene halb erstickt nach Luft.

„Thina?“ fragte er knapp.

Im nächsten Moment schob er Art in eine Nische zwischen zwei mächtigen Aggregatblöcken und blickte sich suchend um.

„Wo ist sie?“ flüsterte er aufgeregt. „Sage ihr, daß es unmöglich ist, die Station der Dürren anzugreifen.“ Er starrte den sein Gegenüber ungläubig an. „Wie bist du überhaupt hierher gelangt? – Du willst mir eine Falle stellen? Du gehörst zu den Dürren?“

Er hatte unwillkürlich lauter gesprochen und ballte die Fäuste.

„Wüßte ich dann die Namen von Thina und Jatungo, ihrem Stellvertreter?“ erwiderte Art. „Euer Volk mußte wieder einmal fliehen . . .“

„Die Dürren holen mehr von uns?“

„Was geschieht mit den Gefangenen?“

„Ich weiß es nicht.“

Art starrte den Mann ungläubig an.

„Du weißt es nicht?“

In der Nähe erklang ein helles Summen. Der Eingeborene zuckte jäh zusammen. „Warte hier!“ stieß er hastig hervor und hetzte davon.

Augenblicke später verstummte das Summen.

„Die Dürren haben mir gezeigt, was ich tun muß“, erklärte der Mann, als er gleich darauf zurückkam. „Wenn ich Fehler mache, bestrafen sie mich.“ Er überkreuzte die Arme vor der Brust und deutete eine Verbeugung an. „Ich bin Bartosch.“

„Mein Name ist Arthur. Ich habe Thina versprochen,

den Verschleppten zu helfen, und den Dürren das Handwerk zu legen. – Wie sicher sind wir hier, Bartosch?“

Der Eingeborene zuckte mit den Schultern.

„Oft bin ich tagelang allein. Manchmal halten sich die Dürren oder ihre Blechmenschen aber auch lange in der Halle auf. Was sie tun, weiß ich nicht.“

„Was haben sie mit dir gemacht? Und mit den anderen?“

Bartosch zuckte mit den Schultern. Sein Gesicht drückte Unverständnis aus.

„Die Aras brauchen nicht bloß Hilfskräfte“, stellte Art unumwunden fest. „Wo sind die übrigen Gefangenen?“

Wieder dieses Schulterzucken. Arthur Konstantin packte den Eingeborenen und zwang ihn, ihm in die Augen zu sehen.

„Ich muß wissen, was geschehen ist! Es ist wichtig.“

Bartosch stammelte wirres Zeug vom Dorf, von Thina und den Blechmenschen. „Ich . . . ich kann dir nicht mehr sagen“, stieß er abgehackt hervor.

„Die Aras haben euch medizinisch behandelt?“

Schweigen.

„Sie haben Versuche mit euch angestellt?“

Bartoschs Hände verkrampften sich um seine Schläfen. „Du quälst mich!“ keuchte er. „Warum tust du das? Laß mich in Frieden!“

„Ich will dir nicht weh tun!“ Arthur Konstantin mußte sich mit dem wenigen abfinden. Es war vorauszusehen gewesen, daß die Aras die Erinnerung ihrer Opfer blockierten.

Ein Lächeln umspielte Bartoschs Mundwinkel, als Art ihn losließ. Er schien glücklich darüber, daß die Fragen aufhörten. Die Abwehrhaltung war offenbar tief in seinem Unterbewußtsein verankert.

„Aber du erinnerst dich, daß die Dürren deinen Körper an Maschinen angeschlossen haben und daß diese Maschinen dir angst machten?“

Bartosch reagierte verwirrt. „Wie kommst du darauf?“ fragte er stockend und wich instinktiv zurück, als Arthur erneut Anstalten machte, ihn festzuhalten.

„Öffne dein Hemd!“ befahl Art.

„Es war ein Fehler, mit dir zu reden. Ich werde den Dürren Meldung erstatten.“ Bartosch wandte sich brüsk um. Er kam jedoch nicht weit.

Der Terraner legte ihm von hinten die Hand auf die Schulter und drückte zu. Der kurze Druck auf die Halsschlagader raubte Bartosch die Besinnung. Ehe er schlaff in sich zusammensinken konnte, fing Art ihn auf und zerrte ihn in die Nische zurück.

Mit fliegenden Fingern öffnete er die Kombination des Bewußtlosen. Er sah seine Erwartungen bestätigt. Quer über der Brust und an beiden Oberarmen zeichneten sich schwache Operationsnarben ab. Die Aras hatten medizinische Tests durchgeführt, aber wenig Wert auf eine perfekte Wundheilung gelegt.

Arthur Konstantin hätte viel dafür gegeben zu wissen, was die Galaktischen Mediziner beabsichtigten. Das Bild der prachtvollen Arranda-Blüten drängte sich in seine Überlegungen. Der Zusammenhang zwischen den Geschehnissen auf Imhar und auf Charisma war offenbar, nur fehlten nach wie vor Fakten. Es gab viele verschiedene Möglichkeiten . . .

Bartoschs Augäpfel rollten unter den geschlossenen Lidern. Jeden Moment konnte er das Bewußtsein zurückerlangen.

Art fürchtete eine unbeherrschte Reaktion des Eingeborenen. Um ihn am Schreien zu hindern, hielt er ihm den Mund zu. Keine Sekunde zu früh.

„Ich bin dein Freund!“ sagte der Terraner. „Deshalb sieh erst deine Arme und deinen Brustkorb an!“

Unverändert fest hielt er seine Rechte auf Bartoschs Mund gepreßt. Er konnte spüren, wie sich der Mann versteifte.

„Erinnerst du dich nun?“

Er spürte Zögern und Unentschlossenheit. Aber schon nicht mehr die Absicht, die Aras herbeizurufen.

„Ich muß wissen, was geschehen ist!“ Art lockerte seinen Griff und zog die Hand gleich darauf ganz zurück. „Aber dazu brauche ich deine Hilfe.“

Ungläubig tastete Bartosch mit den Fingerspitzen über die Narben. Zweifellos hatte er sie eben zum erstenmal bewußt gesehen.

„Die Dürren haben das getan?“ fragte er zögernd.

„Das und vielleicht noch manches andere. Aber sie nahmen dir auch die Erinnerung daran. – Deshalb brauche ich deine Hilfe um so mehr.“

Bartosch signalisierte zaghaft Zustimmung.

„Ich brauche Zugang zum Hauptcomputer! Du mußt ihn mir verschaffen!“

Der Eingeborene hatte keine Ahnung, wovon Art redete. Der erste Versuch einer Erklärung führte zu wenig Verständnis. Bartosch hatte bislang nicht über den Tellerrand seiner Arbeit hinausgeblickt, aber das lag schlichtweg daran, daß die Aras ihn nur für die Tätigkeit bei den Konvertern geschult hatten. Ansonsten war er der unbedarfte Mensch geblieben, dessen Wissensstand dem des terranischen Mittelalters entsprach, und der unversehens mit der hochgezüchteten Technik des Raumfahrtzeitalters konfrontiert worden war. Es grenzte schon an ein Wunder, daß er nicht von Magie und Hexerei sprach.

Bis Arthur Konstantin sich verständlich gemacht hatte, verging geraume Zeit. Aber selbst dann wurde er den Verdacht nicht los, daß Bartosch nur die Hälfte sinngemäß begriff. Ihm blieb jedoch keine andere Wahl, als sich dem Eingeborenen anzuvertrauen.

Bartosch absolvierte seinen gewohnten Kontrollgang, ehe er den Terraner auf Schleichwegen durch die Halle führte. Zweimal mußten sie Reparaturrobotern ausweichen, dann erreichten sie den Verbindungstunnel, der von der Energiestation zu den anderen Gebäuden führte.

Art verzichtete darauf, die Transportbänder zu benutzen. Überhaupt vermied er jedes unnötige Risiko.

Zu spät erkannte er, daß Bartosch ihn lediglich zur zentralen Verwaltung führte. Die Positroniken in diesem Bereich, so imposant sie für den Eingeborenen auch sein mochten, hatten lediglich Überwachungsaufgaben. Hier waren keine Daten über die Forschungsarbeit der Aras gespeichert.

Die Zeit zerrann ihm zwischen den Fingern. Endlos anmutende Gänge und einsame Treppenschächte ließen den Verdacht aufkommen, daß sie einen ziemlich umständlichen Weg genommen hatten. Bartosch scheute offenbar vor den Antigravschächten zurück.

Wiederholt war durch Panoramascheiben die PHÖNIX zu sehen. Die Entladearbeiten würden vermutlich die Nacht über andauern. Nur dieser Teil des Raumhafens und der Station lag noch in grelles Licht getaucht, sonst herrschte undurchdringliche Finsternis. Eine dichte Wolkendecke hielt das Sternenlicht fern. Mittlerweile hatte es heftig zu regnen begonnen.

Endlich – mehr als eineinhalb Stunden waren inzwischen vergangen, und Art dankte dem Himmel, daß er nur zweimal um Haaresbreite an einer Entdeckung vorbeigeschlittert war – stand er vor einem unscheinbaren Nebenraum. Schriftzüge verrieten, daß sich hinter dem Schott Terminals der Hauptpositronik verbargen.

Arthur Konstantin schickte seinen Führer vor.

Zwei Aras befanden sich in dem Raum. Einer von ihnen erhob sich sofort und kam auf Bartosch zu.

„Wer hat dir erlaubt, hier einzudringen?“ herrschte er den Eingeborenen an.

Bartosch erwiderte etwas in seiner Muttersprache. Nach einer entschuldigenden Geste ging er einfach weiter.

„Bleib stehen!“ befahl der Ara. Er zog seine Waffe, einen kleinen, handlichen Nadler.

Bartosch war da bereits an ihm vorbei. Der Ara mußte

zwangsläufig dem Schott den Rücken zuwenden und hatte deshalb den Terraner noch immer nicht bemerkt. Allerdings hörte er entweder das Geräusch von Arts Schritten, oder sein gepreßtes Atmen oder das Rascheln der Kleidung. Sich umwenden und die Waffe abdrücken, war eins.

Art reagierte den Bruchteil einer Sekunde her. Wie von der Sehne geschnellt, flog er nach vorne. Seine Faust traf den mehr als zwei Meter zwanzig großen feingliedrigen Mann punktgenau unters Kinn. Der Ara gab lediglich ein dumpfes Ächzen von sich und sackte wie vom Blitz gefällt in sich zusammen.

Art riß ihm den Nadler aus der Hand und warf sich bäuchlings zu Boden.

Bartosch stürmte bereits auf den zweiten Gegner zu. Als er sah, daß der ebenfalls eine Waffe zog, schlug er Haken wie ein fliehender Hase.

Vorübergehend wußte der Ara nicht, welcher der beiden so unverhofft erschienenen Gegner der gefährlichere war. Der winzige Moment, den er zögerte, besiegelte sein Schicksal. Mehrere dünne Nadeln mit einem schnell wirkenden Lähmgift trafen ihn.

Das Schott schloß sich inzwischen selbsttätig.

Art deutete auf den im Sessel zusammengebrochenen Gegner. „Nimm ihm die Waffe ab, Bartosch! Und paß auf den anderen auf!“

„Er wird keine Dummheiten machen“, versicherte der Eingeborene.

Art ließ sich in den freien Sessel sinken. Rasch überflog er die Anzeigen mehrere Monitoren. Die Rechner waren tatsächlich mit der Hauptpositronik gekoppelt.

Er tippte zwei einfache Befehle. Sofort wechselte das Bild. Ein Grundriß des Hauptgebäudes erschien. Durch den Erfolg ermutigt, ließ der Terraner seine Finger schneller über die Tastatur huschen.

Zwischendurch warf er schon mal einen Blick zurück. Bartosch bewachte die Bewußtlosen wie eine Glucke ihre

Küken. Gleichzeitig verfolgte er interessiert die rasch wechselnde Wiedergabe auf den Schirmen.

Art wurde dreister. Solange die Positronik nicht nach seiner Zugriffsberechtigung fragte, hatte er kaum mit Schwierigkeiten zu rechnen.

Er verlor jegliches Zeitgefühl. Nur einmal, als er ein dumpfes Klatschen hinter sich vernahm und feststellte, daß Bartosch einem der Aras die Faust an die Schläfe geschmettert hatte, registrierte er, daß inzwischen über eine halbe Stunde verstrichen war.

Ein 3-D-Suchbaum erschien, eine weit verästelte Struktur, der nachzugehen, Stunden gekostet hätte. Arthur Konstantin hatte die Zeit nicht, ohne zu zögern wählte er den zentralen Punkt *Forschungsergebnisse* an.

Der Bildschirm wurde schwarz, pulsierte Sekunden später in grellem Gelb, und gleich darauf erschien die Aufforderung *Datenzugriff nur mit Berechtigung. Kodewort eingeben!*

Die Positronik setzte ein Zeitlimit. Das Rasterfeld in der linken oberen Bildschirmecke wies dreißig Punkte auf – mit jeder verstreichenden Sekunde verschwand einer davon.

Am Ende würde er mit leeren Händen dastehen. Und nicht nur das. Es war anzunehmen, daß die Positronik eine Alarmschaltung auslöste. Art zerbiß eine heftige Verwünschung zwischen den Zähnen.

Die Aufforderung *Kodewort eingeben!* begann zu blinken. Er hätte damit rechnen müssen. Blind auf sein Glück zu vertrauen hieß in der Regel, das Schicksal herauszufordern.

Bartosch schien zu spüren, daß längst nicht mehr alles so war, wie es sein sollte. Aus großen Augen starrte er abwechselnd Konstantin und den Schirm an.

Phönix tippte er.

Nichts geschah. Er hatte sich getäuscht. Sein logisch aufgebautes Denkmodell war nicht ein Soli wert.

Noch fünf Sekunden . . .

Phoenix gab er ein. Im allerletzten Moment.

Schlagartig erlosch das nervenzerfetzende Blinken. Arthur Konstantin hatte es geschafft, in die Verwaltung der Forschungsdaten einzusteigen.

Kopfschüttelnd überflog er seitenlange Texte und Formeln. Was er innerhalb von Minuten erfuhr, war wohl nur ein Bruchteil des gesamten Vorhabens, aber es genügte, ihn die daraus erwachsende Bedrohung erkennen zu lassen.

Projekt Phoenix hatte keineswegs die Unsterblichkeit zum Ziel. In der Hinsicht hatte er Absichten und Möglichkeiten der Aras überschätzt.

Sie gaben sich mit weniger zufrieden.

Mit der Eroberung Terras und der Zerschlagung des Solaren Imperiums!

„Mein Gott!“ stieß Arthur Konstantin hervor. „Wenn das wahr wird . . .“

Aras, Springer und Akonen arbeiteten Hand in Hand. Und allem Anschein nach gab es bereits genügend positive Ergebnisse, die sie befähigten, innerhalb von wenigen Jahren zum entscheidenden Schlag auszuholen.

Sie züchteten Viren, die Menschen zu willenlosen Befehlsempfängern machten. Viren, die allerdings nur durch Blutkontakt übertragen werden konnten und in jeder anderen Nährflüssigkeit sehr schnell abstarben oder die Fähigkeit zur Reproduktion verloren.

Die Viren kopierten die menschliche DNS. Art hatte keine Ahnung, wie das möglich war – er akzeptierte einfach die Daten, die auf den Monitoren erschienen.

Die Infizierten wurden dadurch zu Superwesen, die sich nach jeder Verletzung selbst regenerierten. Auf gewisse Weise hatten die Galaktischen Mediziner also doch den Tod besiegt.

Noch befanden sich die Forschungen im Experimentalstadium. Die Regenerierung einfacher Organismen wie der Arranda-Orchideen war inzwischen zufriedenstellend abgeschlossen. Zugleich erfuhren die Viren in den

Orchideen eine gewisse Konditionierung, ohne die sie nicht in der Lage waren, das menschliche Willenszentrum zu beeinflussen. Die Psi-Befähigung der Pflanzen spielte dabei eine entscheidende Rolle.

Arthur Konstantin hatte sich nur noch auf die Datenabfrage konzentriert und alles um sich her aus seinen Überlegungen verdrängt. Er wußte, daß er nicht auf ewig ungestört vor dem Terminal sitzen konnte – dennoch kam die Unterbrechung für ihn viel zu früh.

Das Geräusch des aufgleitenden Schottes hören und sich zur Seite werfen, war für Art eins. Ein scharf gebündelter Thermostrahl ließ zwei Monitoren zerplatzen.

Der Terraner rollte sich ab, federte aus der Hocke hoch und warf sich hinter das zweite Terminal in Deckung. Der nächste Thermoschuß brannte da eine qualmende Furche in den Boden, wo er eben aufgekommen war.

Bartosch reagierte weniger schnell. Bevor er überhaupt wußte, wie ihm geschah, bohrte ihm einer der beiden Angreifer den Lauf seines Thermoblasters zwischen die Rippen.

Arts einzige Chance lag in der Schnelligkeit. Sechs Schritte lagen zwischen dem Terminal und dem nächsten Aggregatblock. Er schnellte vor und schoß das halbe Nadlermagazin leer.

Der Ara, der immer noch unter dem geöffneten Schott stand, wurde mehrfach getroffen. Wie von der Faust eines Riesen zurückgeschleudert, taumelte er in den Korridor hinaus und brach an der gegenüberliegenden Wand zusammen.

Der andere Ara – er hatte Bartosch inzwischen wie einen Schild an sich gezogen – feuerte den Blaster ab. Zwei Schüsse verfehlten den Terraner um Haaresbreite und perforierten die Stirnseite des Raumes, der dritte streifte Art an der Hüfte und brachte ihn zu Fall.

Er spürte keine Schmerzen. Tief konnte die Wunde

nicht sein, die der Glutstrahl in sein Fleisch gebrannt hatte. Aber der nächste Schuß würde ihn töten.

Sekunden dehnten sich zur Ewigkeit. Arthur Konstantin hatte unvermittelt das Gefühl eines sich verändernden Zeitflusses. Er war Zuschauer und Akteur eines in Zeitlupe ablaufenden Filmes.

Der Thermoblaster in der Hand des Gegners ruckte herum. Art sah die flimmernde Abstrahlmündung auf sich gerichtet und war doch unfähig, dem Tod zu entrinnen. Schon glaubte er, den sonnenheißen Thermostrahl zu spüren, der sich in seine Brust bohrte und alle Empfindungen auslöschte.

Der Finger des Aras berührte den Auslöser . . .

Ein Schrei erklang. Ein Schatten bäumte sich auf.

Bartosch!

Der Eingeborene stürzte sich auf den Gegner. Er lief dem Ara geradewegs vor die Waffenmündung. Sein Schrei erstarb, als er von der Gewalt des Schusses zurückgeschleudert wurde. Der Thermostrahl tötete ihn auf der Stelle. Wahrscheinlich begriff Bartosch nicht einmal mehr, was geschah.

Arthur Konstantin hatte sich da bereits auf den Ellenbogen hochgestemmt und den Nadler in Anschlag gebracht. Er jagte den Rest des Magazins aus dem Lauf.

Der Ara wurde gleich von einem Dutzend Nadeln getroffen. Ein Ausdruck ungläubigen Erstaunens erschien auf seinem bleichen Gesicht. Mit ungeheurer Willensanstrengung machte er noch zwei, drei zögernde Schritte auf den Terraner zu, aber er stürzte, bevor er den Thermostrahler erneut auslösen konnte.

Für einen flüchtigen Moment schloß Art die Augen. Als er sie wieder öffnete, schien sich der Zeitablauf normalisiert zu haben.

Er mußte jetzt schnell handeln, wollte er noch jemals Gelegenheit erhalten, sein neues Wissen weiterzugeben. Den nutzlos gewordenen Nadler ließ er achtlos fallen und nahm dafür den Thermostrahler an sich.

„Danke, mein Freund“, murmelte Art und bedachte Bartoschs Leichnam mit einem bedauernden Blick. Die nahe Zukunft würde zeigen, ob sein Tod einen Sinn erhielt.

Arthur Konstantin verließ den Raum und hastete den im Halbdunkel liegenden Korridor entlang. Seine Hüftwunde schmerzte jetzt, und als er mit der Hand darüber hinweg tastete, spürte er es warm und klebrig an den Fingern. Die sengende Hitze hatte das Fleisch verschorft, aber durch die Bewegung brach die Wunde wieder auf. Zum Glück war sie nur oberflächlich.

Art hetzte in die Richtung zurück, aus der Bartosch und er gekommen waren. Noch bevor er die erste Treppe erreichte, spürte er die Schwingungen des Vibrationsalarms. Die Jagd auf ihn war eröffnet. Was seine Chancen anbetraf, gab er sich keinen Illusionen hin. Sie waren verdammt gering einzuschätzen.

An irgendeiner Abzweigung mußte er wohl die Richtung verpaßt haben, denn anstatt endlich den Sternenhimmel zu sehen, fand er sich in einem Gewirr von Gängen, Treppen und kleinen Kammern wieder. Er hatte völlig die Orientierung verloren.

Der Alarm war inzwischen verstummt. Art war dankbar für die kurze Verschnaufpause, gab sie ihm doch Gelegenheit, seine noch immer schwach blutende Wunde zu verbinden. Er riß von seinem Hemd schmale Streifen ab.

Vermutlich waren seit dem Alarm alle wichtigen Stationen doppelt besetzt. Art brauchte entweder ein Versteck, in dem er für längere Zeit sicher war, oder er mußte Imhar verlassen. Aus der Situation heraus, ohne darüber nachzudenken, hatte er für seinen Rückzug den Weg in Richtung der Landefelder gewählt.

Der Trampfrachter würde zweifellos bald wieder starten. Wenn es ihm gelang, ungesehen an Bord . . .

Zwei Arbeitsroboter traten unvermittelt aus einem Seitengang hervor. Ruckartig wandten sie sich Art zu. Er riß den Strahler hoch und schoß. Der Glutstrahl floß an den Schädeln beider Maschinen auseinander. Die eine taumelte daraufhin steuerungslos gegen die Wand und bearbeitete den Stahl mit ihren Werkzeugen, die andere erstarrte zur Reglosigkeit. Ein lauter werdendes Singen ging von ihr aus.

Der Terraner hastete weiter. Das Bild veränderte sich kaum. Enge Korridore, Treppen und Liftschächte wechselten einander ab. Das Gefühl, im Kreis zu laufen, wurde übermächtig.

Machten die Aras nur halbherzig Jagd auf ihn? Oder wußten sie, daß er ihnen nicht entkommen konnte?

Art trat durch ein unscheinbares Schott und stand unvermittelt unter sternenlosem Nachthimmel, knapp einen Kilometer von dem Frachter entfernt.

Durch dicke Rohrleitungen wurde inzwischen Frischwasser in die Tanks der PHÖNIX gepumpt. Zwei Antigravplattformen näherten sich dem Frachter. Sie transportierten Kühlcontainer. Arts erster Gedanken war, daß sich darin genetisches Forschungsmaterial oder gar Virenstämme befanden. Beweise für seine Vermutung hatte er allerdings nicht.

Eine dritte Plattform schwebte aus größerer Entfernung heran, auch sie voll beladen. Einen Piloten oder gar Wachen suchte Art vergeblich.

Als sich die Plattform seinem Standort bis auf weniger als dreißig Meter genähert hatte, lief er los und schwang sich auf die Ladefläche. Das alles ging beinahe viel zu leicht.

Wenig später glitt die Antigravplattform durch die untere Schleuse des Trampfrachters. Art quetschte sich zwischen die gestapelten Container. Von seinem Versteck aus sah er mehrere Besatzungsmitglieder. Sie bemerkten ihn aber nicht.

7.

Hatte Arthur Konstantin anfangs noch befürchtet, die Aras würden sogar den Frachter nach ihm durchsuchen, so begann er allmählich zu glauben, daß niemand wirklich wußte, was geschehen war. Durch die offene Schleuse hindurch erhaschte er einen Blick auf den heller werdenden Horizont. Der neue Morgen war nicht mehr fern.

Wenig später wurde die Schleuse geschlossen. Die PHÖNIX startete, nur von ihrem Antigrav getragen. Erst in einigen tausend Metern Höhe zündeten die Impulstriebwerke.

In Gedanken sah Art Imhar unter dem Frachter zurückfallen und zur fahlen Kugel schrumpfen, die im Licht ihrer Sonnen ein ungewöhnliches Farbenspiel bot.

Er befand sich allein im Frachtraum. Schiffe wie der Trampfrachter hatten selten mehr als fünfzehn bis zwanzig Mann Besatzung. Überzeugt davon, vorerst in Sicherheit zu sein, gab Art seiner Müdigkeit nach.

Als er nach über fünf Stunden traumlosen Schlaf erwachte, hatte sich nichts verändert. Die PHÖNIX befand sich mittlerweile im Linearflug, der sie ihrem unbekannten Ziel mit zigtausendfacher Lichtgeschwindigkeit näher brachte.

Anfangs ignorierte Art Hunger und Durst; später, als die Leere in seinen Eingeweiden lästig wurde, verließ er sein Versteck.

Es gab keine Lebensmittel im Frachtraum. Da er außerdem keine Überwachungsanlagen entdeckte, öffnete er kurz entschlossen das einzige Schott mit dem Handmechanismus.

Ein Korridor, von dem noch drei Türen abzweigten, und ein Antigravschacht – mehr erwartete ihn nicht auf dem unteren Deck. Er ließ sich von den gerichteten Schwerkraftfeldern nach oben tragen. Schriftzüge in Interkosmo, die nachträglich mit Symbolen der Springer übermalt worden waren, wiesen ihm den Weg. Sie verrieten, daß der Frachter zwar auf einer terranischen Werft gebaut worden, später aber in den Besitz einer Sippe der Galaktischen Händler übergegangen war.

Auf der Höhe des unteren Bootshangars verließ Arthur Konstantin den Schacht. Der Gedanke, sich des Beiboots zu bemächtigen und die PHÖNIX im Gewaltstart zu verlassen, erschien ihm verlockender, je länger er darüber nachdachte. Bei günstig gewähltem Zeitpunkt hatte er durchaus gute Aussichten, dem schwerfälligeren und wahrscheinlich nur schwach bewaffneten Frachter zu entkommen.

Das Schott stand offen. Art sah ein tropfenförmiges Beiboot mit verglaster Kabine, das Platz für fünf oder sechs Passagiere bot. Der Größe des Triebwerksbereichs nach zu schließen, verfügte es nur über ein altes Transitionstriebwerk. Die Reichweite genügte aber durchaus, einen terranischen Stützpunkt anzufliegen.

Gerade noch rechtzeitig bemerkte Art die Bewegung im Hintergrund des Hangars. In einem Teil, den er nur unvollständig einsehen konnte, hantierten mehrere Personen. Zwei Springer und ein Akone näherten sich dem Beiboot. Die Zusammenarbeit von Aras, Galaktischen Händlern und Akonen – zumindest eines ausgewählten Kreises von Angehörigen der drei Völker – gegen das Solare Imperium schien sich zu bestätigen. Art hätte sich keinesfalls darüber gewundert, zu erfahren, daß der Akone dem Energiekommando oder der Geheimorganisation Condos Vasac angehörte.

Die drei verschwanden schließlich in einem Seitengang. Art ließ den Blaster wieder sinken, wartete aber noch einige Minuten, bis er sicher sein konnte, daß sie nicht zurückkehrten. Danach betrat er den Hangar, dessen Schott nach wie vor offenstand.

Das Beiboot stand startbereit auf der Rampe. Nur noch zehn Meter trennten den Terraner vom Einstieg, als er gezwungen war, hinter der Rampe Deckung zu suchen.

Ein Techniker hantierte noch im Hangar. Vorsichtig spähte Art hinter der Deckung hervor.

Der Mann wandte ihm den Rücken zu und konnte ihn noch nicht bemerkt haben. Von der Statur her war er am ehesten als Terraner einzuschätzen. Sein braunes Haar war bis auf wenige Zentimeter Länge gestutzt, und er trug eine einfache graue Kombination. Er war ungefähr so groß wie Art, schlank und ... Unvermittelt wandte er sich um.

Arthur Konstantin stockte der Atem. Einen Augenblick lang vergaß er, wo er sich befand. Er blinzelte und fuhr sich ungläubig mit dem Handrücken über die Augen, aber nichts veränderte sich.

Zielstrebig kam der Mann auf das Beiboot zu. Er gehörte zur Besatzung der PHÖNIX, daran gab es keinen Zweifel. Der Blaster in Arts Hand wog mit jeder Sekunde schwerer. Flüchtig spielte er mit dem Gedanken, einfach abzudrücken. Wenn er Glück hatte, blieb ihm danach noch Zeit, das Beiboot zu starten. Aber er war kein Mörder.

... und Torrem Mibeck war einmal sein Freund gewesen. Auch wenn es ihm erschien, als sei seither eine Ewigkeit vergangen.

Torrem – oder zumindest sein perfekter Doppelgänger – schwang sich in die Luftschleuse. Art folgte ihm lautlos. Sein Zeigefinger lag auf dem Auslöser des Blasters.

„Bleib reglos stehen!“ sagte er auf Interkosmo. „Und dann dreh dich langsam um!“

Der Mann vor ihm zuckte nicht einmal zusammen. Aber immerhin leistete er dem Befehl Folge.

Für Arthur Konstantin wurde jäh die Vergangenheit lebendig.

„Torrem Mibeck!“ sagte er tonlos. „Ich hätte dir viele Schweinereien zugetraut, aber nicht, daß du dich mit Gegnern der Menschheit verbündest.“

Sein Gegenüber kniff die Brauen zusammen und

musterte ihn herablassend. Langsam zeichnete sich das Erkennen in seinem Gesicht ab.

„Arthur Konstantin . . .“, zischte er verächtlich. „Es ist bedauerlich, daß ich damals keinen Erfolg hatte.“

Art ließ sich zu keiner Unvorsichtigkeit verleiten. „Geh weiter!“ befahl er unbewegt. „Und keine Dummheiten!“

„Was hast du vor?“

„Vielleicht will ich das Beiboot entführen.“

„Du wirst nicht weit kommen.“

„Wart's ab!“

Ein unmißverständlicher Wink mit der Waffe. Mibeck reagierte nicht darauf. Er versperrte Art auch weiterhin den Weg.

„Du bist nichts als ein mieser kleiner Verräter!“ zischte Konstantin. „Glaube nicht, daß ich zögere, dich niederzuschießen. Also geh' nach innen!“

Mit einem Aufschrei auf den Lippen sprang Mibeck. Art, der eine solche Reaktion vorhergesehen hatte, wich zur Seite aus und schoß.

Mibeck kam nicht mehr dazu, ihn mit bloßen Händen anzugreifen. Der Glutstrahl durchbohrte seinen rechten Oberarm und ließ ihn taumeln. Gleichzeitig schlug Art ihm den Strahler in den Nacken. Gurgelnd brach Torrem Mibeck in der Schleusenkammer zusammen.

Den reglosen Körper zerrte Konstantin ein paar Meter weiter. Anschließend verriegelte er die Schleuse. Er hatte es nicht fertiggebracht, Torrem in den Hangar zu werfen und damit bei einem Gewaltstart des Beiboots dem sicheren Tod durch Dekompression auszuliefern.

Die Zentrale lag im Bug des Bootes, nur durch eine dünne Wand vom Passagierraum getrennt. Art ließ sich in den Pilotensitz sinken und überflog die Kontrollen. Nahezu alles war ihm vertraut. Nur die Fernsteuerung für die Hangartore suchte er vergebens. Außerdem gab es kein Buggeschütz, mit dem er sich den Weg in die Freiheit gewaltsam öffnen konnte.

Endlich entdeckte er die gesuchten Kontrollen. Auf

dem Bildschirm war zu erkennen, daß das Innenschott zuglitt und den Hangar hermetisch abriegelte. Allerdings blieb das Außentor trotz Grünwert geschlossen.

Eine Lautsprecherstimme erklang: „Wer immer Sie sind, stellen Sie sofort Ihren Startversuch ein!"

Arthur Konstantin antwortete mit einem geharnischten Fluch. Er wußte nicht, ob der Kapitän der PHÖNIX ihn hörte, nahm es aber als gegeben an. „Ich denke gar nicht daran!" schnaubte er. „Geben Sie den Öffnungsmechanismus frei! Es liegt nur an Ihnen, ob das Schiff in einer atomaren Reaktion verglüht. Ich starte in genau dreißig Sekunden!"

Er bluffte. Aber wußte das auch der Springer-Kapitän? Falls ihm sein Frachter lieb und die eigene Existenz teuer war, mußte er das Tor öffnen.

Vergeblich wartete Art auf eine Antwort. Er schaltete die Triebwerke des Beiboots im Leerlauf hoch. Ein helles Singen durchlief die Schiffszelle.

„Noch fünfzehn Sekunden ..."

Hatte er zu hoch gepokert und verloren? Er war nicht der Typ, der schon vor dem letzten Blatt aufgab.

Ein fürchterlicher Schlag traf seinen Hals und die linke Schulter und ließ ihn aus dem Sessel kippen. Der Hieb hätte ihm vermutlich das Genick gebrochen, hätte er sich nicht just in dem Moment zur Seite gebeugt.

Sofort rollte er sich herum und zog die Knie an den Körper. Nicht eine Sekunde zu früh, denn schon warf sich Torrem mit haßverzerrtem Gesicht auf ihn. Seine Uniform zeigte zwar deutlich die Spuren des Thermoschusses, aber die klaffende Armwunde war verschwunden. Wäre das verkrustete Blut nicht gewesen, nichts hätte auf die Verletzung hingedeutet.

Torrems Hiebe ließen dem Agenten der Galaktischen Abwehr kaum Zeit zum Atemholen. Art hatte Mühe, wieder auf die Beine zu kommen. Zwei Fausthiebe, die er anbringen konnte, verpufften wirkungslos, obwohl sie selbst einen Stier gefällt hätten.

Ein dumpfes Dröhnen hallte durch das Beiboot. Von außen wurde versucht, die verriegelte Schleuse zu öffnen.

Torrem Mibeck drang jetzt blindwütig auf seinen früheren Freund ein. Arthur Konstantin setzte sich ebenso verbittert zur Wehr. Sie waren einander früher schon ebenbürtig gewesen, und daran hatte sich in all den Monaten seit Sharis Tod nichts geändert.

„Ich dachte, du verbüßt deine Strafe auf If", stieß Art schwer atmend hervor. „Und was ist mit der psychischen Betreuung? Haben dich die Aras dort rausgeholt?"

„Ich habe es nicht nötig, mir von irgend jemandem helfen zu lassen."

Torrem wollt den Blaster. Art deckte ihn mit einer Serie von Hieben ein. Aber auch er selbst erhielt keine Chance, die Waffe abzufeuern. Mibeck war plötzlich wieder über ihm, und seine Hände schlossen sich wie eiserne Klauen um Arts Kehle.

„Diesmal wirst du für alles bezahlen, was du mir angetan hast!" keuchte Mibeck.

Der unbarmherzige Griff drückte Konstantin die Luft ab. Vergeblich versuchte er, den Gegner abzuschütteln.

Unvermittelt wurde Torrem zurückgezerrt. Durch einen blutigen Schleier hindurch sah Art zwei Springer, die den tobenden Mann mühsam festhielten.

Arthur wollte etwas sagen, brachte aber kein Wort hervor. Eine Woge der Übelkeit erfaßte ihn – er stürzte in ein endlos tiefes Loch, in dem alle Wahrnehmungen erloschen.

Sie waren nicht verabredet gewesen. Trotzdem stand Torrem Mibeck vor der Tür. Er lächelte selbstzufrieden.

„Fahren wir gemeinsam zum Training, Art?" fragte er. „Ich denke, wir haben einiges miteinander zu bereden."

Arthur Konstantin nickte knapp. Torrem hatte recht. Auf gewisse Weise gingen sie sich seit über zwei Wochen aus dem Weg – seit dem Einsatz auf 367/uw. Art fragte sich noch immer, ob der Freund bewußt lange gezögert hatte, ihm mit einem Schuß das Leben zu retten, oder ob er sich tatsächlich unsicher gewesen war. Immerhin hätte ein schlechter Schütze in der Situation wohl nicht nur das angreifende Monstrum erwischt. Arthur Konstantin erschauderte noch nachträglich bei dem Gedanken daran.

Torrem schien seine Unsicherheit zu spüren. Er hatte damals zu lange gezögert. Viel zu lange. Den Vorwurf oder zumindest die Frage, ob ihm Arts Unversehrheit für eine Weile gleichgültig gewesen war, mußte er sich nachträglich gefallen lassen.

„Du weichst mir aus", sagte Torrem, als sie gemeinsam das Laufband zum Schießstand benutzten.

„Weil ich auf eine Erklärung von dir warte", erwiderte Art. „Ich hatte das Gefühl, du hättest mich auf 367/uw lieber sterben sehen."

Ruckartig wandte sich Torrem ihm zu. In seinen Augen lag ein Ausdruck von Sorge und Verwunderung. „Du glaubst, ich hätte wegen Shari gezögert?"

Art zuckte nur mit den Schultern.

„Schon der Gedanke ist verrückt", sagte Torrem tonlos. „Wenn du mir das wirklich zutraust, wird es besser sein, wir gehen künftig getrennte Wege."

Sie hatten das Ende des Transportbands erreicht. Bis zur Trainingshalle waren es nur noch wenige Schritte.

Der Schießstand war kaum frequentiert. Nur drei Kadetten eines jüngeren Jahrgangs trainierten mit Thermostrahlern. Ihre Ergebnisse waren alles andere als überwältigend.

„Keiner von denen hätte dir beistehen können", bemerkte Torrem wie beiläufig.

Trotz des Spezialhelms, den er bereits aufgesetzt hatte, und der ihm seine Trefferquote und andere Daten übermittelte, überhörte Art die Feststellung keineswegs.

„Du plädierst an meine Dankbarkeit?" stellte er unumwunden fest. „Heißt das, du gestehst ein bewußtes Zögern ein?"

„Ich wollte nur an die Tatsachen erinnern!“ Torrem Mibeck wählte ebenfalls eine der altertümlichen langläufigen Projektilwaffen und feuerte kurz hintereinander drei volle Magazine auf bewegliche Ziele ab. Nur zwei Schüsse waren Ausreißer und lagen knapp außerhalb des Zentrums. Sein Lächeln wurde wieder eine Spur selbstsicherer.

Knapp eine Stunde benötigten sie, um ihr gesamtes Trainingsprogramm zu absolvieren. Torrem lag mit 35 Trefferpunkten im Vorsprung. „Du kannst mit dem Blaster noch aufholen“, bemerkte er wie beiläufig. „Aber deine Aussicht auf den Sieg ist gering.“

Art feuerte schnell und konzentriert. Er gab sich keine Blöße. Ohne den Aufruf, sich in der Verwaltung zu melden, hätte er sogar die Zeitvorgabe unterschritten.

„Was wollen die Bürohengste?“ fragte Torrem unwirsch.

„Ich weiß soviel wie du.“

Es handelte sich um eine reine Verwaltungsangelegenheit. Arthur Konstantin mußte mehrere Formulare gegenzeichnen, die den Materialverbrauch während des letzten Übungseinsatzes betrafen.

Torrem hatte sein Training inzwischen beendet. „Streng dich an!“ forderte er Konstantin auf.

Art absolvierte die nächste Testreihe mit dem Blaster ohne Fehlerpunkte. Fünfzig Schuß Einzelfeuer, ohne zwischendurch abzusetzen. Hinterher wußte man, welches Gewicht die Waffe hatte. Aufatmend ließ er den Arm endlich sinken.

Torrem schickte sich an, den Schießstand zu verlassen.

„He, wo willst du hin?“

„Bin gleich zurück. Das Ergebnis lasse ich mir bestimmt nicht entgehen.“

Art konzentrierte sich erneut auf das Ziel. Es war mittlerweile so klein geworden, daß es in zweihundert Metern Distanz kaum noch zu erkennen war. Jetzt kam es vor allem darauf an – wie bei den Bogenschützen *früherer Jahrhunderte –, eine vollkommene Einheit zwischen Waffe und Körper herzustellen. Dann traf der Thermostrahl auch ohne Zielvorrichtung.*

Fünf Schüssen gab Arthur Konstantin ab – nur zwei trafen. Er war nicht mehr so kompromißlos bei der Sache, wie es der Aufgabe entsprach. Daß Torrem sich zurückgezogen hatte, irritierte ihn.

Noch einmal löste er die Waffe aus. Es hatte keinen Sinn, Probleme zu wälzen und zugleich ein perfektes Ergebnis erzielen zu wollen.

Mehr zufällig streifte sein Blick die Anzeige des Energiemagazins. Der Pegel stand schon auf halb und sank weiter ab!

Art hatte keine Schrecksekunde. Die Anzeige sehen und den Blaster mit einer weit ausholenden Bewegung in den Schießstand schleudern, war eins. Gleichzeitig warf er sich flach auf den Boden.

Keine Sekunde zu früh, denn schon flammte der Glutball des explodierenden Strahlers auf. Art spürte selbst auf die Distanz von gut dreißig Metern die sengende Hitze. Hätte ihm nicht der Zufall beigestanden, er wäre jetzt tot. Verbrannt von dem kritisch werdenden Energiemagazin. Die Statistik schätzte die Wahrscheinlichkeit für einen derartigen Zwischenfall auf eins zu zehn Millionen.

Die Hitze hielt an. Als Art mühsam die Augen öffnete, blendete ihn der Schein einer grellen Lampe. Durch einen dichter werdenden Tränenschleier hindurch erkannte er nur vage Schemen.

„Du bist Arthur Konstantin“, sagte eine kühle, befehlsgewohnte Stimme, „Agent der Galaktischen Abwehr des Solaren Imperiums.“

Er antwortete nicht. Was hätte er auch sagen sollen? Sein unsichtbar bleibender Gesprächspartner schien ohnehin alles zu wissen.

„Du hast die PHÖNIX auf Imhar betreten.“ Auch das

war mehr Feststellung als Frage. Art schwieg weiterhin. Daß er wieder die Lider schloß, half kaum gegen die Lichtflut, die anhaltend blendete.

„Blinde Passagiere werden im Weltraum ausgesetzt. Mit einem Luftvorrat für zwölf Stunden. Das ist Gesetz an Bord."

Zwei kräftige Fäuste zerrten ihn hoch. Auch ohne es zu sehen, wußte Art, wer ihn gepackt hatte. „Wie werden Verräter bestraft?" fragte er, bemüht, seiner Stimme einen festen Klang zu verleihen. Ein kräftiger Schlag mit der flachen Hand ins Gesicht ließ ihn zusammenzucken. Verächtlich zog er die Mundwinkel nach unten.

„Was hast du vor, Torrem? Willst du endlich nachholen, wozu du bislang nie fähig warst? Dann bring mich um! Hoffentlich ist dir danach wohler."

Jede Faser seines Körpers war angesapnnt. Aber Torrem Mibeck schlug nicht erneut zu. Ein scharfer Befehl hinderte ihn daran.

„Du bist mutig, Terraner. Und überheblich." Das Licht, das ihn blendete, wurde abgedunkelt. Aus der Helligkeit heraus verdichtete sich das markante Gesicht eines Springers.

Er war ein Hüne mit wallendem roten Vollbart und nicht minder langem, zu Zöpfen geflochtenem Haupthaar.

„Du kommst von Imhar", stellte er fest. „Was werde ich wohl erfahren, wenn ich dort nachfrage?"

Warum tust du's nicht? dachte Art.

„Er ist Agent der Galaktischen Abwehr", erinnerte Torrem Mibeck. „Wahrscheinlich hat er mehr herausgefunden, als uns allen lieb sein dürfte."

„Er wird keine Gelegenheit erhalten, sein Wissen weiterzugeben." Der Springer lachte dröhnend. „Ich werde ihn jedoch nicht über Bord werfen, wie du verlangt hast. Vielleicht fällt mir Sinnvolleres ein."

Auf seinen Befehl hin wurde Arthur Konstantin von

zwei Springern ergriffen und davongezerrt. Sie sperrten ihn in eine lichtlose Kammer neben dem Maschinenraum.

Die unaufhörlichen Vibrationen setzten dem Terraner weniger zu als die Finsternis, in der er gefangen war. Das Verlies maß nicht mehr als zwei mal zwei Meter. Ergebnislos tastete er jeden Quadratzentimeter Wandfläche ab und stellte fest, daß er sich aus eigener Kraft nicht befreien konnte. Seine Spezialausrüstung hatten ihm die Springer abgenommen – wahrscheinlich auf Torrems Betreiben hin.

Torrem Mibeck! Ehemals Kadett der Galaktischen Abwehr, straffällig geworden und rechtskräftig verurteilt. – Es war für Art keine Frage, daß Torrem mit Feinden der Menschheit zusammenarbeitete. Unaufhörlich dachte er an die Wunde, die er ihm mit dem Blaster zugefügt hatte, und die innerhalb kürzester Zeit völlig verheilt war. Torrem war also nicht ein einfacher Handlanger, der den Aras geheimdienstliches Wissen lieferte, er schien an *Projekt Phoenix* maßgeblich beteiligt zu sein.

Wie Phönix aus der Asche . . . Treffender konnte der Name nicht gewählt sein.

Arthur Konstantin verlor jedes Zeitgefühl. Anfangs zählte er noch die Stunden, die er in der Abgeschiedenheit wie ein auf seine Hinrichtung wartender Delinquent verbrachte, später gab er selbst das auf. Irgendwann – er hätte nicht mehr zu sagen vermocht, zu welcher Tageszeit – erhielt er zu essen und zu trinken. Der Springerkapitän hatte zumindest nicht vor, ihn verhungern zu lassen. Wahrscheinlich würde er ihn auf dem nächsten Stützpunkt den Aras übergeben. Art fürchtete keine Gehirnwäsche. Und wenn sie ihn töteten, wurde er wenigstens nicht zum Verräter an der Menschheit wie Mibeck, bei dem sich alle psychologischen Einstellungskontrollen noch im nachhinein als Farce erwiesen.

Überlegungen drängten sich in den Vordergrund, die

Art zuletzt nur noch am Rand beschäftigt hatten. Weil genug anderes auf ihn eingestürmt war, mit dem er sich befassen mußte.

Eigentlich ergab alles einen Sinn. Der Kreis begann sich zu schließen.

Reeve Duncan, der vor dem Hotel ermordete Schlafende Agent der Abwehr, hatte ihm eine Tagebuchaufzeichnung zukommen lassen, deren Details zu aktivieren es des Kennworts *Mibeck* bedurft hatte. Art entsann sich noch gut seiner Verblüffung. Er hatte diesem vermeintlichen Zufall aber zu wenig Bedeutung beigemessen. Immerhin hatte Duncan einen Begriff wählen müssen, der nicht jedem sofort zugänglich war.

Art dachte aber auch an Allan D. Mercant. Auf die Frage, wieso ausgerechnet er für den Einsatz auf Charisma ausgewählt worden war, hatte der Chef der Galaktischen Abwehr mit einer Ausflucht geantwortet. Inzwischen wäre Art bereit gewesen, jede Wette einzugehen, daß Mercant zu jenem Zeitpunkt schon von Torrem Mibecks Beteiligung an der Verschwörung wußte. Vermutlich hatte Wayne Coover, der erste auf Charisma ermordete Agent, den Namen weitergemeldet. Und vielleicht auch einige Fakten, die Art inzwischen ebenfalls herausgefunden hatte.

Es blieb die Frage, weshalb Mercant kein größeres Aufgebot auf den Fall angesetzt hatte, falls er schon von dessen Brisanz wußte. Oder hatte er? War Arthur Konstantin nur ein Lockvogel, der den Gegner von anderen Aktivitäten der Galaktischen Abwehr ablenken sollte? Eben weil Torrem Mibeck zu den Hauptakteuren gehörte?

Torrem! schoß es Arthur Konstantin durch den Kopf, als die Glutwelle über ihn hinwegfegte. An Materialermüdung glaubte er nicht. Schlagartig wurde ihm klar, daß Mibeck den Blaster manipuliert hatte. Immerhin war er eine Zeitlang allein gewesen.

Torrem würde jeden Moment zurückkommen. Er mußte es einfach, um sich zu überzeugen, ob sein heimtückischer Anschlag gelungen war.

Art blieb zusammengekrümmt liegen. Der Freund schien verrückt geworden zu sein, und Verrückte waren gefährlich.

Waren da nicht Schritte? Art hielt den Atem an. Immerhin bestand die Gefahr, daß Torrem ihn niederschoß, sobald er Verdacht schöpfte.

Jetzt hörte er es deutlicher: Jemand kam auf ihn zu. Es konnte nur Torrem sein. Er atmete hastig und blieb unmittelbar vor ihm stehen.

Eine Stiefelspitze traf Art in die Seite. Er unterdrückte einen gequälten Aufschrei. Alles ging blitzschnell. Torrem bückte sich, um ihn auf die Seite zu drehen, und er rammte ihm den Ellenbogen in die Magengrube. Torrem ließ ein halb ersticktes Gurgeln vernehmen. Der Angriff hatte ihn überraschend getroffen.

Mit aller Kraft trat Art zu. Seine Siefelabsätze krachten gegen Mibecks Schienbeine und brachten ihn zu Fall. Torrem versuchte noch, seinen Blaster aus dem Holster zu reißen, aber Art war erneut schneller, und die Waffe schlitterte über den Boden und blieb für beide unerreichbar vor dem übernächsten Schießstand liegen.

„Ich hasse dich!" Torrem schleuderte ihm all seine Verachtung entgegen, während sie verbissen miteinander rangen, aber keiner die Oberhand gewann. „Ich habe Shari geliebt."

„Glaubst du, ich nicht? Es war ein verdammter Unfall . . ."

Torrems Knie verfehlten Arts Rippen nur um eine Handbreite und bohrten sich in seine Magengrube. Arthur wurde zur Seite geschleudert. Er versuchte vergeblich, den Sturz abzufangen und blieb keuchend auf dem Rücken liegen.

Torrem dachte nicht daran, nachzusetzen. Auf allen vieren rappelte er sich auf und wollte seine Waffe erreichen. Art wälzte sich herum und bekam mit beiden Händen seinen linken Fuß zu fassen. Vergeblich trat Torrem nach ihm.

„Aufhören!“ brüllte jemand. Im gleichen Moment fühlte sich Arthur Konstantin an den Oberarmen gepackt und hochgezerrt. Er wehrte sich nicht, war vielmehr froh, daß der Alptraum ein Ende fand.

Dafür brüllte Torrem Mibeck um so lauter. Wie ein Besessener drehte und wand er sich im Griff der Wachmänner und hatte doch keine Chance mehr. Als sie ihn abführten, sackte er wie ein Häufchen Elend in sich zusammen.

„Ihr vergreift euch am Falschen“, keuchte er. „Nehmt Art mit! Er hat Shari getötet!“

Der Vorfall wurde nicht publik. Die nächsten drei Wochen verbrachte Torrem Mibeck unter strengster Bewachung im Zentralhospital der Galaktischen Abwehr auf Terra. Zwei Psychologen attestierten ihm anschließend völlige geistige Gesundheit. Was immer er getan hatte, er war dafür in jeder Hinsicht voll verantwortlich.

Die Verhandlung fand zwei Monate nach dem mißglückten Attentat statt. Torrem Mibeck schwieg hartnäkkig zu allen Fragen. Auch auf Vorhaltungen seines Verteidigers reagierte er nur mit einem verächtlichen Augenaufschlag. Für ihn schien die gesamte Verhandlung nur eine Farce zu sein.

Er war verbittert und störrisch wie ein Maultier. Aber er war schon immer der Typ gewesen, der lieber mit dem Kopf durch die Wand ging, anstatt nach einer Tür zu suchen.

Völlig überraschend ergriff er dann doch das Schlußwort, als der vorsitzende Richter ihm eindringlich nahelegte, sein Schweigen wenigstens einmal zu brechen.

„Wißt ihr wirklich, was in einem Menschen vorgeht?“ fragte er aggressiv. „Das Gericht verurteilt den Falschen. Nicht ich habe getötet, sondern Arthur Konstantin . . .“

Fünf Jahre Therapiearbeit auf der Strafwelt If! Als das

Urteil verkündet wurde, wandte sich Torrem zu Art um und fixierte ihn durchdringend. „Wir werden uns wiedersehen“, versprach er.

Die fünf Jahre waren noch nicht vorbei. Wahrscheinlich hatte ein vorzeitiger Therapieerfolg zu Mibecks vorzeitiger Entlassung von If geführt. Aber nicht immer war ein humaner Strafvollzug wirklich sinnvoll.

Zwei Tage lang, möglicherweise sogar drei, hatte Arthur Konstantin über alles nachgedacht. Er war zu dem Schluß gelangt, daß es wirklich nur seine Aufgabe war, den Lockvogel zu spielen. Ein klein wenig versöhnte ihn das sogar mit dem Schicksal. Immerhin konnte er gewiß sein, daß die Galaktische Abwehr auch ohne seine Informationen tätig wurde. Vielleicht standen Mercants Truppen kurz davor, den gegnerischen Schlupfwinkel auf Charisma auszuheben.

Das Schott zu seinem Verlies wurde jäh aufgerissen.

„Mitkommen!“

Art blinzelte träge in die blendende Helligkeit. Nur langsam erkannte er, daß ein Akone und zwei Springer gekommen waren, um ihn abzuholen.

Sie geleiteten ihn zur Zentrale des Frachters. Die PHÖNIX befand sich im Linearflug. Auf den Schirmen wogte das wesenlose Abbild der Librationszone.

Der Kommandant, ein bulliger, untersetzter Springer mit geflochtenem Bart, dessen Enden er im Nacken zusammengebunden hatte, schwang mit seinem Kontursessel herum. Er musterte den Gefangenen, als wolle er ihn mit seinen Blicken durchbohren.

„Ich weiß nicht, ob es mutig oder dumm war, sich bei uns einzuschleichen“, sagte er grollend. „Was meinst du, Terraner?“

Ein kräftiger Hieb eines seiner Bewacher zwischen die Schulterblätter zwang Art zur Antwort. „Es war notwendig“, erwiderte er.

Der Springer zog die Brauen hoch. „Fürchtest du den Tod?“

„Nicht mehr und nicht weniger als jede Intelligenz.“

„Torrem Mibeck fürchtet ihn nicht mehr. – Ich habe mir sagen lassen, daß er als einziger besonders glücklich über deine Anwesenheit ist. Er gibt dir die Schuld daran, daß einige Jahre seines Lebens sinnlos vergeudet wurden. – Rechtfertigst du dich nicht?“

„Muß ich das?“

Abschätzend wiegte der Springer den Kopf. „Mir ist egal, warum ihr Terraner euch gegenseitig haßt.“

. . . solange du für dich Vorteile daraus ersiehst, dachte Art. Ihm war klar, daß der Springer ein Geschäft witterte. Andernfalls hätte er sich kaum auf eine so lange Vorrede eingelassen.

„Was weißt du über Tara Urso? – Nichts? – Urso ist der Leiter des Projekts auf Imhar. Für ihn bist du eine Gefahr. Ich müßte dich töten.“

„Ist das alles?“

Für einen Moment sah es so aus, als wollte der Springer aufbrausen. Aber er schlug nur mit den Fäusten auf die Sessellehnen und funkelte den Terraner herausfordernd an.

„Ich gebe dir Gelegenheit, dein Leben zu retten.“

„Glaube nicht, daß alle Menschen wie Mibeck sind. Ich werde nicht zum Verräter an meinem Volk.“

„Mit Terra habe ich wenig zu schaffen“, sagte der Springer geringschätzig. „Ich arbeite für Tara Urso, weil er mich gut bezahlt, ansonsten bin ich mein eigener Herr. Ich hege keine Ressentiments gegen Agenten der Galaktischen Abwehr. Übrigens ein verdammt hochtrabender Name, findest du nicht auch? Ein Volk von Emporkömmlingen maßt sich an, die Geschichte aller raumfahrenden Völker zu beeinflussen.“

„Du willst mir ein Geschäft vorschlagen?“ mutmaßte Arthur Konstantin. „Mein Leben im Tausch – gegen was?“

Mit einer flüchtigen Handbewegung schickte der Springer Arts Bewacher fort. Wohin sollte der Terraner schon fliehen, falls er sich zu einer Dummheit hinreißen ließ? Er stand allein gegen die Besatzung eines Raumschiffs.

Alles klang so einfach: Arthur Konstantin hatte nichts anderes zu tun, als den größten Konkurrenten des Springerkapitäns auszuschalten. Als Agent des Solaren Imperiums war er dafür prädestiniert. Und mit brisanten Informationen versehen, hatte er die beste Handhabe.

Der Preis für seinen Einsatz war die Freiheit. Die PHÖNIX würde auf einer unbewohnten Welt im galaktischen Westsektor landen und ihn dort aussetzen.

„Ich ziehe den Tod einem Robinson-Dasein vor", erklärte Art.

„Robinson-Dasein?"

„Allein auf einer fremden Welt, ohne Frau und ohne Kontakt zur Zivilisation."

„Terra wird die Koordinaten erhalten. Nach einem oder zwei Monaten, sobald du Tara Ursos Projekt nicht mehr gefährden kannst."

„Welche Garantie habe ich, daß du deine Zusage wirklich hältst?"

„Keine. Aber ich verspreche dir, daß du deinen eigenen Willen verlierst, sollte ich wegen deiner Weigerung gezwungen sein, dich den Aras zu übergeben."

„Wird man mir ebenfalls die Viren injizieren, die Torrem weitgehend unverwundbar machen?"

Der Springer überging das Thema geflissentlich und redete nur noch von seinem Konkurrenten. Marvis hatte ihm die lukrativen Handlungsbeziehungen zu zwei neu entdeckten Primitivwelten mit Erfolg streitig gemacht und ihn zugleich bei mehreren Sippen der Lächerlichkeit preisgegeben.

Er, Lorman, ging danach nicht einfach zur Tagesordnung über, als sei nichts geschehen. Vor allem dann nicht, wenn derjenige, der ihn aus dem Geschäft drängte, selbst soviel Dreck am Stecken hatte, daß ihn dafür einige Geheimdienste quer durch die Galaxis jagen würden.

Eine halbe Stunde lang redete der Kapitän. Was Arthur Konstantin zu hören bekam, war ein Sumpf an Korruption und vergehen gegen die elementaren Grundrechte neu entdeckter Völker ohne eigene Raumfahrt. Zum Teil hatte Marvis massiv in planetare Konflikte eingegriffen und im Krieg befindliche Kontrahenten mit Waffen beliefert. Geschäfte mit dem Tod - anders waren die Kontrakte der Marvis-Sippe nicht zu bezeichnen.

Art war beschlagen in terranischer Geschichte ab dem 20. Jahrhundert. Es fiel ihm nicht schwer, sich die Geschehnisse vorzustellen, wäre ein Major Perry Rhodan im Jahr 1971 auf dem irdischen Mond nicht den Arkoniden begegnet, sondern einem havarierten Walzenschiff der Springer. Es hätte nur eines winzigen Zündfunkens bedurft, das Pulverfaß Erde zur Explosion zu bringen. Die sich damals waffenstarrend gegenüberstehenden Machtblöcke hätten zweifellos alles für eine Lieferung von Thermoblastern und Schockern gezahlt. Falls nicht jemand in einer Panikreaktion die atomare Vernichtung eingeleitet haben würde, wäre die Erde danach innerhalb kürzester Zeit wie ein wurmstichiger Apfel den Galaktischen Händlern in den Schoß gefallen.

„Terraner behaupten von sich, für Recht und Ordnung einzutreten", bemerkte Lorman, und der leicht spöttische Unterton in seiner Stimme war unüberhörbar.

„Ist das deine Moral?"

„Moral ist, was dem Geschäft nützt."

Art hatte zwar den Verdacht, daß er zu nichts anderem benutzt werden sollte, als den Teufel mit Beelzebub auszutreiben, trotzdem nickte er zögernd. Für einen Gewinn an Handlungsfreiheit war ihm momentan jedes Mittel recht. Vor allem, da sich die gegnerische Seite keineswegs als homogen präsentierte. Auf gewisse Weise schien jeder sein eigenes Süppchen zu kochen.

„In eineinhalb Tagen erreichen wir Evendyra, Marvis' Stützpunktwelt", sagte der Springer-Kapitän. „Ich weiß, daß er sich dort aufhält. Alles, was du über den Patriarchen und seine Sippe wissen mußt, wird dir bis dahin über Hypnoschulung beigebracht." Mit beiden Händen fuhr er sich in die Fülle seines Bartes, stützte den Kopf auf und funkelte Konstantin überlegen an. „Damit du nicht glaubst, ich würde dir von vornherein einen Freibrief ausstellen: Dein *Freund* Mibeck begleitet dich."

Art mußte an sich halten, um seine Bestürzung zu verbergen. Mit allem hatte er gerechnet, nur nicht mit Torrems Begleitung. „Mir ist klar, daß ein Springer erst Leistung sehen will, bevor er bereit ist, das Honorar dafür zu bezahlen", sagte er unbewegt. „Benötigen wir einen schriftlichen Vertrag?"

Lorman brach in schallendes Gelächter aus. Für seine Begriffe hatte der Terraner einen köstlichen Witz gemacht.

„Mein Wort gilt", stieß er prustend hervor, als er sich nach zwei oder drei Minuten langsam wieder beruhigte. „Oder zweifelst du meine Aufrichtigkeit an?"

Arthur Konstantin schüttelte den Kopf. Dabei wußte er, daß Lorman log.

8.

Evendyra war keine Welt für Zauderer oder furchtsame Gemüter. Auf dem einzigen Kontinent der Wasserwelt regierten Geld und Macht, hier wurden Geschäfte abgeschlossen, die nirgendwo sonst in der Galaxis Bestand hatten. Evendyra war eine Welt der Trinker, Spieler und verkrachten Existenzen.

Ein funkelndes blaues Juwel, so zog der Planet vor der samtenen Schwärze des Alls seine Bahn. Nach einer Transition über lediglich zweieinhalb Lichtjahre näherte sich ihm das Beiboot der PHÖNIX mit knapp zwanzig Prozent der Lichtgeschwindigkeit.

Die Ortungen spielten verrückt, weil im planetennahen Raum Hunderte verschieden großer Raumschiffe warteten. Shuttles erledigten Zubringerdienste zwischen ihnen und der Oberfläche. Außer den typischen Walzenschiffen der Springer war so ziemlich alles vertreten, was Rang und Namen hatte: Kugelraumer mit und ohne abgeflachte Pole, Diskusse, Zigarren und raketenähnliche Gebilde mit riesigen Leitwerken, deren Sinn und Zweck nicht einmal zu erraten war.

Obwohl das Beiboot mehrfach von Ortungsstrahlen erfaßt wurde, wartete der Terraner vergeblich auf einen Anruf. Niemand kümmerte sich um das vergleichsweise winzige Boot.

Mibeck kauerte in einem der Passagiersitze und ließ Arthur Konstantin nicht aus den Augen. Nur Lormans Befehle hielten ihn davon ab, endlich zu vollenden, was ihm vor Jahren mißlungen war. Einsicht zeigte er nicht – eher das Gegenteil. Inzwischen lastete er Art auch die Verantwortung für seine Verurteilung nach If an.

„Wann siehst du endlich ein, daß nicht immer die anderen Böses wollen, sondern daß du selbst dir das Leben schwermachst?“ fragte Art. Torrem hörte nicht einmal hin.

Bei einer Lichtminute Distanz begann Art das Beiboot abzubremsen. Den Peilstrahl des Raumhafens empfing er klar und deutlich. Das Beiboot erhielt Landeerlaubnis.

„Die Zeit heilt alle Wunden, Torrem. Es ist noch nicht zu spät. Wir könnten wieder Freunde werden wie damals.“

Mibeck übersah die ihm entgegengestreckte Hand. „Ich begleite dich, weil Lorman es von mir verlangt“, erwiderte er schroff. „Ansonsten will ich weder mit dir noch mit der Menschheit etwas zu tun haben.“ Ein Freund theatralischer Auftritte war er schon früher gewesen.

„Begreifst du nicht, daß Aras und Springer dich ausnützen?“

Das war nicht mehr der Torrem Mibeck, den Art einmal gekannt hatte. Seine Psyche hatte sich verändert, und wenn Art es recht bedachte, war ihm diese Veränderung schon während der ersten Jahre als Kadett aufgefallen. Aber im nachhinein erschien vieles, was seinerzeit niemand beachtet hatte, in einem anderen Licht.

Torrem war krank. Und nicht erst Sharis tragischer Tod war die Ursache dafür.

Sein Blick schweifte in weite Ferne ab.

„Tara Urso ist ein Mann, der meinen Wert kennt. Ich bin ihm begegnet, als ich nach If nicht mehr weiter wußte, und er bot mir die Chance meines Lebens.

Ich bin unverwundbar geworden – verstehst du? Kannst du ermessen, was für ein Gefühl es ist, den Tod nie mehr fürchten zu müssen?“

„Die Aras haben dich umgedreht, Torrem! Du bist nichts anders als ihr Werkzeug.“

„Sei still!“ brüllte Mibeck unbeherrscht. Gleich darauf glätteten sich seine Züge wieder und er lächelte. „Du bestimmst nicht, was richtig und was falsch ist.“

Arthur Konstantin wandte sich wieder den Kontrollen zu. Er hatte nicht vor, Torrem bis zum Äußersten zu reizen. Die Grenze, bis zu der er ungestraft gehen durfte, war erreicht. Jedes weitere Wort würde nur Schaden anrichten.

Wenig später tauchte das Beiboot in die Atmosphäre des Planeten ein. Der einzige Kontinent entpuppte sich als nicht besonders groß. Ungefähr ein Viertel wurde von unzugänglichen schroffen Bergzügen eingenommen, ein weiteres Viertel beanspruchte der Raumhafen mit seinen gigantischen Frachtterminals. Den Rest teilten sich die einzige Stadt auf Evendyra – ein unüberschaubares, wucherndes Krebsgeschwür – und einige wenige noch naturbelassene Landstriche, in die sich Desintegratorfräsen aber unaufhaltsam vorwühlten. Die Ausbeutung der Bodenschätze lief auf vollen Touren.

Niemand beachtete das landende Beiboot. Art wartete vergeblich auf einen Kontrollanruf der Hafenbehörde.

Das Landefeld lag Kilometer von den Abfertigungsgebäuden entfernt. Über der Piste flirrte die Luft. Es war nahezu windstill.

Auf Evendyra war offenbar jedermann ohne vorherige Kontrolle willkommen. In der Ankunftshalle herrschte demgemäß ein buntes Völkergemisch. Dennoch vertraten zwei Uniformierte den beiden Neuankömmlingen den Weg.

„Ihr seid Terraner?"

„Ist das verboten?" fragte Torrem Mibeck zurück. Mit dem Erfolg, daß die Springer noch eine Spur reservierter wurden.

„Terraner sind auf Evendyra nicht gerne gesehen."

„Erzählt das unseren Geschäftspartnern", sagte Art schnell. „Sie werden nicht gerade begeistert sein."

„Wie Händler seht ihr nicht aus."

„Wir verkaufen Informationen. Das ist einfacher, als mit Schiffsladungen voll unnützem Kram durch den Weltraum zu schippern."

„Niemand auf Evendyra gibt für Informationen gutes Geld aus."

„Niemand außer Marvis", konterte Torrem. „Wir wissen, daß er sich zur Zeit auf dieser Welt aufhält."

Die Erwähnung des Patriarchen wirkte Wunder. Die Uniformierten gingen jedenfalls wortlos weiter. Art blickte ihnen kopfschüttelnd hinterher. Dann wandte er sich barsch an seinen Begleiter.

„Hast du den Auftrag, uns in den Rücken zu fallen? Oder was wolltest du eben erreichen?"

„Ich helfe dem Schicksal auf die Sprünge", erklärte Torrem spöttisch. „Oder willst du wirklich behaupten, du bist nach Evendyra gekommen, um den Patriarchen zu töten?"

„Lorman . . ."

Mibeck winkte unwirsch ab. „Ich kenne dich, Arthur – besser vielleicht, als du dich selbst."

„Du hast dich schon öfter geirrt."

„Und du solltest Lorman nicht unterschätzen."

Das pulsierende Leben der gigantischen Metropole zog die Terraner augenblicklich in seinen Bann, als sie das Hafengebäude verließen. Auf kühn geschwungenen, halbtransparenten Straßen glitten bodengebundene Fahrzeuge in vier Ebenen dahin, dazwischen wanden sich Röhren mit Laufbändern, die zum Teil bis in die oberen Stockwerke der Bürogebäude führten. Die Häuser erinnerten an Hutpilze oder überdimensionierte Trichter, aber keines ragte höher auf als zehn Etagen.

„Fehlt nur noch der Wegweiser *‚Zu Marvis' Büro'"*, bemerkte Art zynisch.

Torrem deutete in Richtung der untergehenden Sonne. „Das höchste Bauwerk am Platz – dort sind wir richtig." Er zog Art mit sich auf das nächste Gleitband.

Zweimal mußten sie die Richtung wechseln, bis sie endlich ihr Ziel erreichten. Das Haus war Hotel, Büro und Vergnügungspalast in einem. Musik drang auf die Straße heraus. Für menschliche Ohren klang sie schrecklich schrill und laut.

Arthur zögerte, aber Torrem stieß ihn abermals vorwärts. Die Empfangshalle war ein Meer aus edlen Hölzern und glitzernden Steinplatten. Ein Personentransmitter für planetare Entfernungen erhob sich rechterhand. Geradeaus lag die Zimmerreservierung, und zur Linken, von unsichtbaren Antigravplatten getragen, spielte eine sechsköpfige Combo ihre Katzenjammermusik. Angehörige zweier nichtmenschlicher Völker wiegten sich zu den Klängen in halsbrecherischer Akrobatik. Minutenlang beobachtete Arthur Konstantin das bunte Treiben, bis Torrem ihn zum Weitergehen drängte.

Am Robotportier gab es kein Vorbeikommen.

„Alle Zimmer sind derzeit belegt ...“

„Wir müssen mit dem Patriarchen Marvis reden.“

„Eine Terminvereinbarung ist nicht verzeichnet. Ich empfehle Ihnen, entsprechende ...“

„Es geht um unaufschiebbare geschäftliche Angelegenheiten.“

„Bedauere, aber der Patriarch hat das Haus verlassen.“

„Dann warten wir auf ihn.“

„Das kann lange dauern“, sagte unvermittelt eine Stimme hinter den beiden. „Was wollen Sie von Marvis?“

„Das betrifft nur ihn und uns.“ Langsam wandte sich Art um. Er war einigermaßen überrascht, die beiden Uniformierten aus dem Hafengebäude wiederzusehen.

„Das kleine Raumschiff, mit dem Sie gelandet sind, trägt die Kennung einer Springer-Sippe.“

Art zog eine Braue hoch. „Ist das von Bedeutung?“ wollte er wissen.

„Üblicherweise nicht. Aber auf den Namen Lorman reagiert der Patriarch allergisch.“

„Namen sind Schall und Rauch“, sagte Torrem Mibeck schnell. „Lorman mag gestern noch ein großer Händler gewesen sein – heute ist er ein Nichts. Seine Schiffe wurden beschlagnahmt. Und wenn Marvis uns nicht anhören will, wird es ihm ähnlich ergehen. Ein Geschäft wie wir es vorschlagen, wird ihm nicht wieder angeboten werden.“

Die Uniformierten wechselten einen kurzen Blick miteinander. Noch waren sie unschlüssig wie sie sich verhalten sollten.

„Wir sind Angehörige der Galaktischen Abwehr des Solaren Imperiums“, sagte Torrem Mibeck. „Glaubt Ihr wirklich, wir riskieren Kopf und Kragen, um uns von Lakaien abspeisen zu lassen? Fragt Marvis, ob er zehn Schwere Kreuzer mit einem Fingerschnippen ausradieren kann.“

Das gab den Ausschlag. Die beiden Springer führten die Terraner an dem Robotportier vorbei zu einem

Antigravschacht, den sie erst im obersten Stockwerk des Gebäudes wieder verließen. Von hier aus bot sich ein imposanter Rundblick über die Stadt, die mittlerweile im Schein der Abendsonne wie ein riesiger Rubin funkelte.

Energetische Sperren an Stelle variabler Wände sorgten dafür, daß die Räumlichkeiten den jeweiligen Erfordernissen entsprechend genutzt werden konnten. Für Arthur Konstantin und Torrem Mibeck wurde eine Wartenische geschaffen, die sie hermetisch von den anderen Bereichen abschirmte. Ein Hologramm sollte wohl helfen, die Wartezeit zu überbrücken. Sinnigerweise zeigte es das Beiboot, mit dem die Terraner auf Evendyra gelandet waren. Eine Wachmannschaft hatte den Schleusencode geknackt und war im Begriff, das Boot zu durchsuchen. Art nahm die Bilder so wie sie gedacht waren: als unterschwellige Warnung, Marvis' Macht nicht zu unterschätzen.

Augenblicke später begann das Hologramm vor seinen Augen zu verschwimmen. Übelkeit stieg in ihm auf. Er wollte sich erheben, schaffte es aber nicht mehr. *Gas!* schoß es ihm durch den Sinn. *Die Kerle haben uns ausgespielt.*

Er war wehrlos. Die Muskeln versagten ihm den Dienst. Und Torrem erging es nicht anders.

Die Springer unterzogen ihn einem Psychoverhör, dessen Intensität sie bis an die Schmerzgrenze steigerten. Seine Mentalstabilisierung machte Art in der Hinsicht jedoch unangreifbar. Bei Torrem waren es offenbar die Viren, die ihn schützten.

Wenig später standen sie einem Springer gegenüber, der den hochgewachsenen Arthur Konstantin nur um halbe Haupteslänge überragte. Der Mann war alt, sein Gesicht wirkte grau und faltig. Ein Strahlenunfall hatte Teile seiner Haut verbrannt. Die linke Wange schimmerte in dunklem Violett, und der Bartwuchs hatte einseitig stark nachgelassen, was die wallende Fülle der anderen Gesichtshälfte jedoch einigermaßen verdeckte.

Der Springer hatte sich in dem einzigen vorhandenen Sessel zurückgelehnt. Er musterte die Terraner geringschätzig. Offenbar gehörte es zu seinem Image, auf diese Art seine Überlegenheit zu demonstrieren.

„Ich bin Patriarch Marvis“, sagte er. „Eure Namen kenne ich bereits. Schon mein Vater warnte mich davor, daß es schwer sei, mit Terranern Handel zu treiben. Sie sind unersättlich und wollen statt eines kleinen Fingers immer die ganze Hand. – Ihr habt die Absicht, Geschäfte mit mir zu machen? Ich gebe euch genau zehn Minuten eurer Zeitrechnung, die Einzelheiten klarzulegen. Wenn ihr das nicht schafft, bin ich nicht interessiert.“

„Es ist kein Geschäft im landläufigen Sinn“, begann Arthur Konstantin. „Eher eine Warnung.“

Der Patriarch bedachte ihn mit einem Augenaufschlag. „Was dann?“ fragte er ohne erkennbare Regung. „Ich gebe keine Almosen für dubiose Weltuntergangsprophezeiungen.“

„Fünfzehn Schwere Kreuzer der Solaren Flotte könnten in der Tat einen Weltuntergang einleiten“, betonte Mibeck. „Das dürfte dann der Anfang vom Ende deiner Macht sein.“

Marvis ließ sich doch aus der Reserve locken. „Hüte deine Zunge!“ rief er und fuhr ruckartig hoch. Im nächsten Augenblick war er aber wieder die Verbindlichkeit in Person und lehnte sich entspannt zurück. „Die Gesetze des Solaren Imperiums garantieren allen Völkern Freiheit und Souveränität. Der Großadministrator wird sich nicht zu Aggressionen hinreißen lassen.“

„Dennoch bestraft er skrupellose Geschäftemacher, denen das Wohlergehen unterentwickelter Völker weniger gilt als das Leben einer Rotte Stechfliegen vom Antares.“

Marvis’ Augen verengten sich. Seine Hände öffneten

und schlossen sich, als wolle er den vor ihm stehenden Terranern höchstpersönlich den Hals umdrehen.

„Ist das alles, was ich mir an Beleidigungen anhören muß?“

„Wenn du die Geschehnisse auf Semiramis IV oder die Toten des Aufstandes der insektoiden Koomaar als Beleidigung betrachtest ...“

Diesmal fuhr Marvis ruckartig hoch. Für einen Moment sah es so aus, als verliere sein Gesicht jede Farbe. „Woher weißt du davon?“ Das gönnerhafte Gehabe des Geschäftsmanns war nur Tünche, die jetzt großflächig abblätterte. Dahinter verbarg sich ein Sumpf an Korruption und Verderblichkeit. Wenn alles stimmte, was Art in der Hypnoschulung erfahren hatte, führte der Patriarch ein Doppelleben, das es in sich hatte.

Der Springer starrte Art durchdringend an. „Niemand außer einem kleinen Kreis Eingeweihter weiß von den Koomaar. Lorman steckt hinter den Informationen – er will mich aus dem Geschäft drängen. Aber das wird ihm nicht gelingen.“

„Vielleicht stammt unser Wissen wirklich von Lorman“, gestand Torrem. „Allerdings interessieren uns die Streitigkeiten der Patriarchen untereinander einen Dreck.“

„Wie schon gesagt“, betonte Arthur Konstantin, „fünfzehn Einheiten der Solaren Flotte haben Einsatzbefehl erhalten. Wir denken, die Einzelheiten dürften dir ein kleines Vermögen wert sein.“

„Wieviel?“

„Fünf Millionen Solar. Für jeden von uns.“

„Das ist viel Geld.“

„Nicht zuviel für deine Freiheit. Oder soll ich dir erzählen, welches Geschäft dazu führte, daß sich der Obmann von Antolia eigenhändig entleibte, obwohl das seine Religion zufolge eine Wiedergeburt für immer verhindert? – Die Galaktische Abwehr weiß übrigens auch Bescheid.“

„Ich habe deine Daten überprüfen lassen", sagte der Patriarch. „Arthur Konstantin, geboren auf Terra, Agent der Galaktischen Abwehr unter Allan D. Mercant. Bislang keine bekannten Einsätze.

Dein Begleiter, Torrem Mibeck, wurde unehrenhaft aus dem Kadettenkorps ausgestoßen. Rekonvaleszenz auf dem Strafplaneten If. Vorzeitige Entlassung wegen guter Führung, danach verliert sich seine Spur."

„Alle Achtung", bekundete Art. „Dein Nachrichtendienst ist nicht zu verachten."

Unwillkürlich machte er einen Schritt nach vorne. Und dann noch einen. Er prallte gegen eine unsichtbare Barriere, die den Patriarchen umgab. Aber darauf hätte er gefaßt sein müssen. Marvis war nicht der Mann, der seinen Besuchern die Waffen beließ, egal ob sichtbar getragen oder unter der Kleidung versteckt, und der trotzdem keine Sicherheitsmaßnahmen traf. Art hatte nie wirklich vorgehabt, ein Attentat zu verüben – er fragte sich allerdings, wie das unter den gegebenen Umständen überhaupt möglich sein sollte.

„Fünf Millionen Solar für jeden von uns für den Einsatzplan der Flotteneinheiten", sagte er schnell. „Als Zugabe erhältst du den Kode der Waffenleitkontrolle."

Seine Gedanken überschlugen sich. Blaster allein waren zu schwach, Marvis' Schutzschirm zu durchdringen. Selbst wenn er mit Torrem zusammen auf Punktbeschuß ging. Abgesehen davon würden innerhalb von Sekunden die Wachen hereinstürzen und dem Spuk ein rasches Ende bereiten.

Torrem hatte den linken Arm angewinkelt. Die zur Faust geballte Hand zielte auf Marvis.

Wie Schuppen fiel es Art von den Augen. Torrem Mibeck würde den Patriarchen töten! Vermutlich war in seinen Arm eine wirkungsvolle Waffe implantiert. Er hatte auch als einziger Aussicht, das Attentat zu überleben. Selbst wenn die Wachen das Feuer eröffneten –

Projekt Phoenix schützte ihn, falls er nicht gerade in den Wirkungsbereich schwerer Geschütze geriet.

Arthur Konstantin handelte, ohne zu überlegen. Bislang hatte er vergeblich nach einer Möglichkeit gesucht, den Patriarchen zu warnen. Jetzt blieb ihm nur noch Zeit, den eigenen Hals zu retten.

Er schnellte sich nach vorne, prallte gegen Torrem und riß ihn mit sich. Ein schrilles Heulen erklang, gefolgt von einer schwachen Detonation. Das Projektil, das unter Torrems geballter Faust hervorgezuckt war, verglühte mehrere Meter neben Marvis an der Wand. Glutflüssiges Metallplastik sammelte sich in einer Pfütze auf dem Boden.

Als Marvis aufschrie, wälzten sich Arthur Konstantin und Torrem Mibeck bereits ineinander verkrallt über den Boden. Ein zweites Projektil, das diesmal Art galt, zerplatzte an der gegenüberliegenden Stirnseite des Raumes zu einem sekundenlang lodernden Feuerball. Die Wirkung beschränkte sich auf einen Kreis von nicht mehr als dreißig Zentimeter Durchmesser.

Mehrere Fausthiebe zeigten bei Torrem kaum Wirkung. Er schüttelte sich lediglich und versuchte um so hartnäkkiger, Art über sich hinwegzuhebeln.

„Erst Marvis und dann du – so war es geplant“, stieß er unbeherrscht hervor.

„Du bist verrückt.“ Mit äußerster Anstrengung sprengte Konstantin den Ansatz eines Würgegriffes und rammte seinen Ellenbogen in Mibecks Magengrube.

Torrems Mundwinkel verzogen sich zu einem verächtlichen Grinsen. „Ich bin besser als jeder von Mercans Truppe!“ stieß er triumphierend hervor. „Die Aras gaben mir die Chance dazu, und ich werde sie nutzen. Du kannst mir nicht mehr weh tun, Art! Weder du noch sonst jemand.“

Arthur Konstantin wurde brutal zurückgezerrt. Die Wachen, die ihn von hinten umklammerten, ließen ihm keine Bewegungsfreiheit. Sie hatten aber auch begriffen, welche Gefahr der andere Terraner bedeutete. Desintegratoren und Blaster zielten auf Torrem und redeten eine unmißverständliche Sprache. Die geringste unbedachte Bewegung, und nur noch ein Häufchen Asche würde von ihm übrigbleiben. Selbst die Viren von *Projekt Phoenix* konnten keinen Toten wiedererwecken, sondern nur bis zu einem bestimmten Grad Verletzungen heilen und Gliedmaßen nachwachsen lassen.

„Ich könnte euren Tod befehlen“, donnerte Marvis und erhob sich endlich. Den kurzen Zweikampf hatte er unbewegt von seinem Sessel aus beobachtet. „Aber ich bin nicht der Mann, der billige Rache sucht und sich daran ergötzt. Zumindest nicht, solange ich es nur mit gedungenen Helfern zu tun habe. Was hat Lorman euch geboten? Wieviel bin ich ihm wert?“

Torrem Mibeck starrte dumpf brütend vor sich hin. Er suchte schon wieder nach einer Möglichkeit, die Situation zu seinen Gunsten zu verändern.

Der Patriarch wandte sich an Art. „Obwohl auch du meine Gastfreundschaft mißbraucht hast, schulde ich dir Dank. Mag sein, daß ich dir sogar das Leben schenke . . .“ Daß Marvis seine Großherzigkeit von Bedingungen abhängig machte, schwang unausgesprochen zwischen seinen Worten mit.

„Was muß ich dafür tun?“ fragte Art.

„Ich will Lorman! Er soll nicht glauben, mich durch Meuchelmord aus dem Geschäft drängen zu können. – Was hat er vor? Wo steht seine Flotte?“

Arthur Konstantin war sich sehr wohl der Tatsache bewußt, daß er nur ein kleines Rädchen im Intrigenspiel war. Ob Lorman oder Marvis oder ein anderer Springer-Patriarch Geschäfte jenseits der Legalität machte, war ihm egal, solange er nicht dagegen einschreiten konnte. Momentan galt es wieder einmal, die eigene Haut zu retten. Alles andere war nebensächlich.

Marvis hatte aus den Kenndaten des Beiboots auf seinen Konkurrenten geschlossen. Ihm eine andere Story aufzutischen, wäre unter den gegebenen Umständen lebensgefährlich gewesen.

„Lorman ist nur mit einem Raumschiff unterwegs“, sagte Art deshalb wahrheitsgemäß. „Und das nicht einmal mit einem eurer Walzenraumer, sondern mit einem heruntergekommenen terranischen Trampfrachter.“ Marvis blickte ihn so ungläubig an, daß er sich zu einer weiteren Erklärung gezwungen sah. „Lorman arbeitet mit einer Gruppe Aras an einem geheimen Projekt. Er will nicht, daß seine Beteiligung bekannt wird, deshalb der Frachter.“

„Er wartet auf eure Rückkehr?“

Art nickte knapp.

„Wo?“

„Wieviel ist mein Leben noch wert, sobald ich dir die Koordinaten gegeben habe?“

„Du behältst es. Ist das nichts?“

„Ich weiß nicht, ob ich dir vertrauen kann.“

„Du hast mein Wort.“

„So ähnlich hat sich Lorman auch geäußert. Wenn ich es richtig sehe, wurde ich nur belogen.“

Marvis winkte heftig ab. „Ich könnte dich erschießen lassen, Terraner. Daß du noch lebst, verdankst du meiner Geduld und Großmut. Aber strapaziere beides nicht zu sehr.“

„Also Lormans Aufenthaltsort gegen unsere Freiheit.“ Art deutete auf Torrem und auf sich selbst.

„Deine Freiheit“, sagte der Springer unmißverständlich. „Dein Freund hat versucht, mich zu töten. Dafür werde ich ihn zur Rechenschaft ziehen.“

„Er ist nicht mein Freund.“

„Um so besser. – Ich lasse dich auf einem Planeten deiner Wahl absetzen. Aber zögere nicht zu lange. Es wäre möglich, daß ich mein Angebot bald bereue.“

Torrem Mibeck starrte teilnahmslos Löcher in die Luft. Ihn berührte überhaupt nicht, was gesprochen wurde.

Flüchtig hegte Art den Verdacht, daß er einen Trumpf in der Hinterhand hielt, von dem niemand wußte.

„Ich bin einverstanden“, sagte Arthur Konstantin.

9.

Die KAMBAH ANURR war mit ihren 400 Metern Länge und 80 Metern Durchmesser imposant anzusehen. Der walzenförmige Raumer war das Flaggschiff von Marvis' Flotte und deutlich stärker bewaffnet als die üblichen Frachter. Gegen dieses Monstrum an geballter Technik hatte ein einzelner Trampfrachter wenig Chancen. Als Arthur Konstantin an Bord ging, war ihm klar, daß er die Mannschaft der PHÖNIX ans Messer geliefert hatte. Marvis würde sich kaum auf Diskussionen einlassen.

Auch Torrem Mibeck wurde an Bord gebracht. Vermutlich wollte der Patriarch ein Exempel statuieren, falls sich die Koordinaten als falsch erwiesen. Art hoffte, daß die PHÖNIX nicht inzwischen den Standort gewechselt hatte.

Marvis' Leibwächter führten ihn nach dem Start in einen der bugnahen Hangars. Art war auf alles gefaßt, jedoch nicht darauf, unvermittelt vor einer terranischen Space-Jet zu stehen. Fragend schaute er die Springer an, doch ihre Gesichter blieben unbewegt. Mit keiner Miene verrieten sie, wie der Patriarch in den Besitz des 30 Meter durchmessenden und 18 Meter hohen Beiboots gelangt war. Der Rumpf wies die üblichen Spuren auf, die kosmischer Staub und Mikrometeoriten hinterließen, aber keine Beschädigungen durch Waffeneinwirkung.

„Sie sind überrascht“, sagte einer der Springer spöttisch. „Wie Sie sehen, haben auch wir unsere kleinen Geheimnisse.“

SHERMAN SJ-4 prangte der Name in großen Lettern über dem Ringwulst. Arthur Konstantin würde nach seiner Rückkehr nach Terra alle Hebel in Bewegung setzen, um das Schicksal des gleichnamigen Mutterschiffs zu klären. Falls er zurückkehrte.

„Wann starten wir mit der Jet?“ fragte er.

„Sobald wir Lorman gefunden haben“, lautete die Antwort. „Wir werden unseren Teil der Abmachung einhalten.“

„Ich ebenfalls“, erwiderte Art. Er verstand, wie die Präsentation der Space-Jet gemeint war.

Die KAMBAH ANURR verfügte noch nicht über Linearantrieb. Etwa zwei Stunden nach dem Start erfolgte die erste Transition.

Das Walzenschiff legte 1500 Lichtjahre quasi in Nullzeit zurück. Die Wiederverstofflichung wurde vom Aufheulen der Sirenen begleitet.

Nur Lichtminuten entfernt stand ein roter Riese. Die Sonne hatte keine Begleiter. Deshalb konzentrierten sich die Ortungen der KAMBAH ANURR ausschließlich auf die Korona.

Minuten vergingen in angespannter Erwartung.

Eine Viertelstunde wurde daraus, ohne daß die Ortungen ein anderes Schiff erfaßten. Marvis zeigte zunehmend Ungeduld.

„Die PHÖNIX ist da!“ behauptete Art. „Ich weiß es.“

Dennoch wurde er auf eine harte Probe gestellt. Eine weitere halbe Stunde verging, bis der Trampfrachter endlich als verwaschene Kontur auf den Ortungsschirmen erschien. Der Strahlungshintergrund des Roten Riesen verzerrte die Daten.

Die PHÖNIX beschleunigte.

„Das Schiff geht auf Fluchtkurs!“

Es war klar, daß der Walzenraumer eher von den Ortungen des Frachters erfaßt worden war als umgekehrt. Lorman hatte seine Schlüsse daraus gezogen. Er mußte wissen, daß er das Spiel verloren hatte. Zumindest diese Runde. Der KAMBAH ANURR hatte er nur wenig entgegenzusetzen und suchte sein Heil in der Flucht.

„Waffenleitstand!“ befahl Patriarch Maris. „Warnschüsse vor den Bug! Impulskanonen an Steuerbord Feuer frei!"

Die lichtschnellen Impulsbündel verfehlten den Bug des Trampfrachters nur um wenige Kilometer. Die Distanz war geradezu lächerlich gering.

Die PHÖNIX reagierte mit einer unerwarteten Kurskorrektur und tauchte tiefer in die Sonnenkorona ein. Gleichzeitig ließ Lorman mehrere Raumtorpedos abfeuern. Die Explosionen im Prallschirm der KAMBAH ANURR belasteten das Abwehrfeld bis knapp zwei Drittel seiner Kapazität.

„Lorman, du elender Halunke", brüllte Marvis ins Mikrophon. „Diesmal bist du zu weit gegangen. Laß beidrehen, oder ich blase deine Gebeine in die Galaxis hinaus!"

Die einzige Antwort waren weitere Torpedos, denen von der KAMBAH ANURR heftiges Sperrfeuer entgegenschlug. Im Strahlungsdruck des Roten Riesen verwehten sieben Glutbälle, die übrigen Explosionen tobten sich im Schirmfeld des Walzenraumes aus. Entstehende Strukturrisse ließen Energien bis auf die Schiffszelle durchschlagen. Im Inneren des Raumers war vorübergehend ein hartes Prasseln zu vernehmen.

„Glaubst du wirklich, du könntest mir die Stirn bieten?" Marvis stand wie erstarrt vor dem Panoramaschirm, der nicht mehr die Aufnahmen der Normaloptik, sondern die Ortungsdaten wiedergab. Nur seine Hände zuckten unbeherrscht. „Ich werde dich jagen, Lorman!" stieß er wie einen Fluch hervor. „Wenn es sein muß, bis in die Hölle."

Nur noch wenige tausend Kilometer trennten die beiden Raumschiffe voneinander. Auf der PHÖNIX hoffte man offenbar, in der Sonnenkorona die Verfolger abschütteln zu können. Aber Marvis wäre lieber sehenden Auges ins eigene Verderben geflogen, als den Trampfrachter entkommen zu lassen.

Im selben Maß, in dem die Distanz sich verringerte,

mußten die Triebwerke mit mehr Energie versorgt werden. Das Schwerkraftfeld der Sonne machte sich zunehmend unangenehmer bemerkbar.

„Uns bleiben noch fünfzehn Minuten", meldete der Mann an den Ortungen. „Danach reicht unser Beschleunigungsvermögen nicht mehr aus, das Schwerefeld zu überwinden."

„Neigungswinkel beibehalten!" bestimmte Marvis.

Die Temperatur stieg an. Arthur Konstantin brach der Schweiß aus allen Poren.

Die ersten Monitoren der Außenbeobachtung wurden schwarz, weil die Kameras ausfielen.

Fünf Minuten später schien die Luft innerhalb der Zentrale bereits zu kochen. Einige Metallteile waren schon so heiß, daß man das Gefühl hatte, sich an ihnen die Finger zu verbrennen. Aber noch dachte der Patriarch nicht dran, die Jagd aufzugeben.

„Lorman schwitzt inzwischen Blut und Wasser", schnaubte er.

Ein Feuerwerk heftiger Entladungen tobte in den Schirmfeldern des Trampfrachters. Die PHÖNIX zog eine deutliche Wirbelzone hinter sich her, in der die KAMBAH ANURR den Sonnengasen in weitaus verringertem Umfang ausgesetzt war.

Mittlerweile waren beide Schiffe der Chromosphäre schon so nahe, daß Bogen-Protuberanzen zur Gefahr wurden.

Art wandte sich an Marvis: „Wenn du dein Schiff in den Untergang steuern willst, laß mich vorher von Bord gehen. Ich habe meinen Teil der Abmachung erfüllt."

Der Patriarch schien ihn überhaupt nicht wahrzunehmen. „Salomon?" wandte er sich an den Orter.

„Noch vier Minuten."

Danach würde das Schiff die erforderliche Fluchtgeschwindigkeit nicht mehr aus eigener Kraft erreichen können. Das bedeutete, daß sie stunden- oder vielleicht sogar tagelang die Sonne auf einem mehr oder weniger stabilen Orbit umkreisen würde, bis entweder nacheinander lebenswichtige Systeme ausfielen oder eine Protuberanz das Schiff verschlang.

„Marvis!“ sagte Arthur Konstantin drängend. „Ich bestehe darauf, daß du deinen Teil unseres Abkommens ebenfalls einhältst.“

Endlich wandte sich der Patriarch zu ihm um. In seinen Augen spiegelte sich ein Feuer, das dem Lodern der Sonne kaum nachstand.

„Du fürchtest um dein erbärmliches Leben, Terraner?“ fragte er lauernd.

„Mir ist es egal, ob ihr euch gegenseitig umbringt, oder ob jeder das für sich selbst besorgt“, antwortete Art wahrheitsgemäß. „Hauptsache, ich bin nicht davon betroffen.“

Marvis funkelte ihn ungehalten an. Im ersten Moment sah es aus, als wolle er dem Terraner an die Kehle gehen, dann verzog er nur die Mundwinkel zu einem geringschätzigen Lächeln. „Niemand kann mir nachsagen, ich hätte ein Versprechen gebrochen. Die Besatzung der Jet ist bereits an Bord. – Geh!“ sagte er scharf und fügte spöttisch hinzu: „Aber warte nicht zu lange.“

Art war einigermaßen überrascht, daß ihn der Patriarch so ohne weiteres gehen ließ. Er fragte nicht mehr nach Torrem, sondern nahm im wahrsten Sinne des Wortes die Beine in die Hand. Es wurde allerhöchste Zeit, mit der Space-Jet zu starten. Die Einflüsse der nahen Chromosphäre würden dem kleinen Schiff ohnehin schwer zusetzen.

Die SHERMAN SJ-4 war startbereit. Während Arthur Konstantin im Antigravschacht von der Bodenschleuse zur Zentrale emporschwebte, wurden bereits die Landestützen eingezogen.

Als er die Zentrale erreichte, sah Art für Sekundenbruchteile die vorüberhuschende Hangarschleuse, danach tobte außerhalb der transparenten Polkuppel rotes Feuer. Die Space-Jet schien geradewegs in die Hölle zu fliegen.

Beide Piloten waren Springer. Obwohl die Jet eine terranische Konstruktion war, gingen sie mit ihr um, als hätten sie ihr Leben lang nichts anderes getan.

Schwach durchschlagene Andruckkräfte zwangen Art, im dritten freien Kontursitz Platz zu nehmen. Er hatte sich kaum angeschnallt, als härtere Stöße das Schiff erschütterten. Zeitweise kamen drei bis vier Gravos durch, begleitet von ohrenbetäubendem Dröhnen aus den Maschinenräumen.

Begriff wie Oben und Unten verloren jede Existenzberechtigung. Die Jet raste durch ein undefinierbares brodelndes Chaos atomarer Gewalten, und nur ihren starken Beschleunigungskräften war es zu verdanken, daß sie nicht von den aus der Chromosphäre aufsteigenden Protuberanzen verschlungen wurde.

Der Pilot schrie urplötzlich auf: „Marvis eröffnet das Feuer auf den Frachter!“ Die Ortungsdaten, so spärlich sie für den hinter der SHERMAN SJ-4 liegenden Sektor auch waren, schienen zumindest eindeutig zu sein. Sekunden später folgte der erleichterte Seufzer: „Die KAMBAH ANURR dreht ab! Marvis hat es offenbar geschafft.“

Eine eruptive Protuberanz stieg vor der Jet zehntausende von Kilometern empor – ein lodernder Geysir, der mit irrwitziger Geschwindigkeit von der Sonnenoberfläche wegstrebte. Die SHERMAN SJ-4 konnte nur noch dem Zentrum des Ausbruchs ausweichen, nicht mehr den auffächernden glühenden Gasen der Randzone, die ebenfalls den Magnetfeldlinien aus dem Sonneninnern folgten.

Die Schirmfeldbelastung stieg sprunghaft an und verharrte sekundenlang bei über 130 Prozent. In das schrille Aufheulen der Konverter mischte sich das dröhnende Vibrieren der Schiffszelle. Der Schutzschirm brach zusammen.

Das Empfinden einer alles versengenden Hitzewelle entsprang nur Arts überreizter Phantasie. Die Space-Jet hatte im allerletzten Moment die Protuberanz durchbrochen und raste mit immer noch steigender Geschwindigkeit durch die äußere Korona.

Vor dem Schiff öffnete sich die unendliche Schwärze des Weltraums.

Der Mann im Sessel des Kopiloten wandte sich zu Konstantin um. „Jetzt mußt du uns nur noch sagen, wo wir dich abliefern sollen, Terraner. Die Galaxis ist groß."

Art wurde einer Antwort enthoben, denn just in dem Moment meldete sich eines der beiden übrigen Besatzungsmitglieder über Interkom aus dem Maschinenraum.

„Tagor ist tot – ich habe ihn eben gefunden. Genickbruch."

„Wie konnte das geschehen?"

„Sieht so aus, als hätte er sich entgegen der Vorschrift nicht abgesichert."

Der Kopilot erhob sich seufzend und schaute Arthur auffordernd an. „Du gehst mit mir!"

Sie fanden den Toten in unnatürlich verrenkter Haltung vor einer der Speicherbänke liegend. Offenbar war er verunglückt, als die Andruckskräfte durchschlugen. Er schien noch nach einem Halt gesucht zu haben, war dann aber so unglücklich gegen eine der Kühlschlangen gepreßt worden, daß seine Halswirbelsäule der Belastungen nicht mehr standgehalten hatte. Der Bluterguß an der linken Halsseite ließ keinen anderen Schluß zu.

Arthur und der Kopilot schafften den Leichnam in die Kühlkammer.

Inzwischen beschleunigte die Space-Jet weiter. Die für den Übertritt in den Linearraum erforderliche Eintauchgeschwindigkeit war bereits erreicht, trotzdem zögerte der Pilot, das Manöver auszuführen.

Art ahnte, worauf der Springer wartete. Seine Vermutung wurde bestätigt, als knapp eine halbe Stunde später ein verwaschener Ortungsreflex vor dem Hintergrund der roten Riesensonne erschien. Marvis' Schiff hatte es geschafft, sich ebenfalls aus dem Schwerkraftfeld zu lösen. Träge noch, aber mit auf Vollast laufenden Impulstriebwerken, folgte sie der Space-Jet auf annähernd dem gleichen Kurs.

Während des folgenden zweistündigen Linearflugs überbrückte die SHERMAN SJ-4 eine Distanz von 1768 Lichtjahren. Bis dahin hatte sich Art für ein Ziel entschieden: Eine Siedlungswelt auf halber Strecke zwischen Charisma und Terra. Auf New Ireland, das wußte er, unterhielt die Galaktische Abwehr einen kleinen logistischen Stützpunkt. Dort hatte er die Gewähr, umgehend Mercants Büro informieren zu können.

Der Orientierungsaustritt verlief ohne Zwischenfälle, ebenso die zweite Linearphase über weitere 2500 Lichtjahre. Die Space-Jet erreichte terranisches Interessengebiet.

Arthur Konstantins Unterhaltung mit den Springern beschränkte sich auf ein Mindestmaß an Information. Ansonsten hatte man sich nicht sehr viel zu sagen. Die Terraner wurden immer noch von vielen Völkern als Emporkömmlinge betrachtet, die sich ungebeten in ihre ureigensten Angelegenheiten einmischten und mit ihrem Eintreten für eine galaxisumgreifende Völkergemeinschaft unnötige Spannungen hervorriefen. Jeder fürchtete um seine in Jahrtausenden gesicherten Pfründe und sah bei einer sich anbahnenden Veränderung seine Felle davonschwimmen.

Während der Beschleunigungsphase für das letzte Überlichtmanöver leuchteten unvermittelt Rotwerte auf. Die Energieversorgung der Linearkonverter setzte unkontrolliert aus. Zwar jeweils nur für Nanosekunden, doch in der kritischen Phase des Eintauchens in den Zwischenraum konnte ein derartiges Versagen den Zusammenbruch der Konverter herbeiführen.

Genau zehn Sekunden vor dem Übertritt unterbrach der Pilot das Manöver.

Der Techniker im Maschinenraum meldete sich nicht. Obwohl er über Rundruf dazu aufgefordert wurde, gab er kein Lebenszeichen von sich. Art und der Kopilot begaben sich wieder nach unten.

Der Mann schien sich noch vor wenigen Minuten im Kontrollraum aufgehalten zu haben. Ein positronischer Check-up war zur Hälfte ausgeführt und dann abgebrochen worden. Da die Daten spätestens nach drei Minuten aus dem Arbeitsspeicher in die Check-Datei übernommen wurden, auf die zugleich von der Zentrale her Zugriffsmöglichkeit bestand, hatte der Techniker wohl eben erst den Raum verlassen.

„Levan ist beim Linearkonverter", vermutete der Kopilot. „Wo sollte er sonst hingegangen sein?"

Art schwieg. Die Häufung der Zufälle gefiel ihm nicht. Erst der Tote, nun der Ausfall des Linearantriebs. Er begann sich zu fragen, ob dahinter möglicherweise System steckte. Wollte Patriarch Marvis ihn doch nicht ohne weiteres gehen lassen?

Peitschende Entladungen und ein unregelmäßiges Dröhnen machten in der Konverterhalle eine Verständigung schwer. Art und der Kopilot trennten sich, und während der Springer den Zuleitungen zum Konverter folgte, schlug Arthur einen Bogen, um den rechten Teil der Halle mit den raumhoch aufragenden Verteilersystemen zu kontrollieren.

Er traute den Galaktischen Händlern nicht. Deshalb zwängte er sich schon nach wenigen Metern zwischen zwei Aggregatblöcken hindurch und folgte dem Springer.

Ein Blasterschuß ließ fünf Schritte vor ihm den Bodenbelag blasenwerfend aufglühen. Aber der Schuß hatte nicht ihm gegolten.

Der Kopilot suchte vergeblich nach Deckung. Mitten im Sprung wurde er von einem zweiten Schuß getroffen, stürzte schwer zu Boden und blieb reglos liegen.

Auch Levan, der Techniker, war tot. Art sah ihn in verkrümmter Haltung vor dem Linearkonverter liegen.

Im Hintergrund der Halle, schattenhaft zwischen grellen Entladungen zu erkennen, stand eine menschliche Gestalt. Langsam ließ sie die Hand mit der Waffe sinken.

„Torrem!“ entfuhr es Arthur Konstantin entsetzt. Und dann brüllte er den Namen laut heraus: „Torrem Mibeck, du verdammter Hund!“

Der Mann winkte und verschwand so schnell, wie er erschienen war. Für einen Moment hoffte Art noch, sich getäuscht zu haben, denn Torrem befand sich in sicherem Gewahrsam auf der KAMBAH ANURR. Aber der Anblick der beiden toten Springer überzeugte ihn rasch vom Gegenteil. Auf welche Weise auch immer, es war Mibeck gelungen, sein Gefängnis zu verlassen und sich auf der Space-Jet einzuschleichen.

Drei Tote bisher ... Konnte es einen deutlicheren Beweis geben, daß er endgültig die Kontrolle über sein Handeln verloren hatte?

Art war waffenlos. Aber der ermordete Kopilot trug einen Blaster im Holster. Art zögerte nicht einen Augenblick lang. Er ahnte, daß die entscheidende Auseinandersetzung mit Torrem unmittelbar bevorstand. Nur einer von ihnen beiden konnte überleben.

Er stieß sich ab ... drei schnelle Schritte, dann ließ er sich fallen und schlitterte bäuchlings quer durch den Gang. Die tödliche Gluthitze, die er erwartete, blieb aus. Selbst als er, immer noch flach auf den Boden gepreßt, die Waffe des Toten an sich nahm, schoß Torrem nicht. Hatte er sich schon zurückgezogen?

Daß eine ungewöhnliche Stille eingezogen war, registrierte Art erst nach einigen Sekunden. Gehetzt blickte er um sich. Jemand hatte die Energieversorgung des Linearantriebs lahmgelegt. Er brauchte nicht zu fragen, wer.

„Wie fühlst du dich, Arthur?“

Die Stimme hallte in vielfachem Echo zwischen den

Aggregaten zurück. Torrems Standort festzustellen, war unmöglich.

„Du wirkst gehetzt, Art. Zuerst wollte ich dich den Aras übergeben. Aber inzwischen habe ich mir die Sache überlegt. Es ist einfacher, wenn ich dich töte. Du wirst sterben, Art, langsam, und du wirst bereuen."

„Laß uns miteinander reden, Torrem!"

„Reden willst du?" Heiseres Gelächter folgte und endete ebenso abrupt. „Worüber? Ich habe mit der Menschheit gebrochen und mich den Aras angeschlossen. Sie können mir all das geben, was ich mein Leben lang vermißt habe. Nicht mehr lange, Art, dann gibt es kein Imperium der Menschheit mehr . . ."

„Du bist verrückt!"

„Ich wußte, daß du das sagen würdest. Du hast immer geglaubt, daß du besser bist als ich – aber diesmal irrst du dich."

Eine Bewegung, ein flüchtiger Schatten, der vorüberhuschte – Arthur Konstantin schoß, ohne zu zögern.

„Na los doch! Wenn du den Konverter triffst, werden wir alle atomisiert. Wie ist das, wenn man Angst hat, Art? Ein schlimmes Gefühl für dich? Ich habe die Angst kennengelernt. Auf If. Ich hatte Angst, dir vielleicht nie wieder zu begegnen oder dich nicht mehr zu hassen, ich hatte Angst vor der Therapie, die einen anderen Menschen aus mir machen sollte . . ."

„Offenbar ist es den Ärzten nicht gelungen, dir zu helfen." Zögernd, die Waffe schußbereit, richtete Art sich auf. Aber Torrem dachte nicht daran, sich zu zeigen. Er schwieg jetzt. Die Stille war bedrückend.

Jede Deckungsmöglichkeit nutzend, verließ Arthur Konstantin die Konverterhalle. Torrem plante eine neue Teufelei, das war ihm klar. Die Jet bot genügend Verstecke, in die er sich ungestört zurückziehen konnte.

Am nächsten Interkom tippte Art eine Verbindung zur Zentrale. Er mußte den Piloten warnen.

Obwohl der Ruf ankam, blieb der Monitor dunkel. Art

begann zu ahnen, daß Mibeck und er die beiden einzigen noch lebenden Wesen an Bord der SHERMAN SJ-4 waren.

Endlich wurde der Ruf angenommen. Die Optik zeigte leere Kontursessel und schwenkte langsam auf den Leichnam des Piloten. Torrem hatte ihn von hinten erschossen.

„Nur noch wir beide, Art“, stieß er abgehackt hervor. „Wie findest du das? Wolltest du nicht immer schon wissen, wer von uns der Bessere ist?“

„Du jedenfalls nicht.“

Der Schirm erlosch. Allerdings nicht schnell genug. Art hörte noch, daß sein Gegner eine heftige Verwünschung ausstieß.

In die Zentrale einzudringen, wäre ein selbstmörderisches Unterfangen gewesen. Torrem lauerte wohl nur darauf, daß er den Antigrav benutzte oder gar im Treppenschacht erschien.

Wegen der mehrfach gesicherten Systeme war es nicht einmal möglich, die Zentrale von der Energiezufuhr abzuschneiden. Art konnte jedoch die Lufterneuerung innerhalb der gesamten Jet blockieren. Ein Vorgehen, das dann Erfolg versprach, wenn Torrem zu keinem der Raumanzüge Zugriff hatte, die auf dem Hauptdeck für Notfälle bereitlagen.

Andererseits konnte Art sich nicht vorstellen, daß sein Gegner tatenlos abwartete. Während er noch versuchte, sich in Torrem hineinzudenken, hörte er ein Poltern auf der Treppe. Wollte Torrem ihm eine Falle stellen?

Den Blaster schußbereit, huschte Arthur weiter. Torrems spöttisches Lachen verfolgte ihn. Es kam aus den Lautsprechern des Interkoms. Mit gezielten Schüssen zerstörte Art die beiden nächsten Sprechstellen.

„Du bist nervös, Art? So kenne ich dich gar nicht.“

Beobachtete Torrem ihn? Oder hatte er nur die Energieentladung der Schüsse angemessen?

„Du kannst mir nicht entkommen!“ hallte es durch den

Korridor, leiser als zuvor, aber immer noch gut verständlich. „Irgendwann wirst du müde werden, Art. Weißt du, wie das ist, wenn dich der Schlaf übermannt? Fürchtest du den Moment, in dem du aufwachst und ich stehe neben dir?“

„Du kommst auch nicht ohne Schlaf aus“, stieß Arthur zornig hervor. Er wußte nicht, ob Torrem ihn hören konnte. Oder hatten die Viren der Aras seinen früheren Freund so verändert, daß er körperliche Bedürfnisse wie Schlaf nicht mehr kannte? Die Ungewißheit war schlimm. Arthur mußte schnell handeln, wollte er erfolgreich sein.

Er erreichte das Schott zur Lufterneuerungsanlage und Wasserversorgung. Bevor er es öffnen konnte, war Torrem hinter ihm und schoß ohne Vorwarnung. Art konnte sich gerade noch in einen Seitenkorridor flüchten.

Diesmal zog sich der Verfolger nicht zurück. Die Hetzjagd ging durch die halbe Jet. Torrem feuerte, sobald sich ihm Gelegenheit dazu bot, ohne Rücksicht auf Zerstörungen.

Nachdem er zweimal beinahe getroffen worden wäre, gelang es Art, sich hinter die Generatoren des Antigravtriebwerks zurückzuziehen. Torrem ging keine fünf Meter entfernt an ihm vorbei, ohne ihn zu bemerken. Seine Haltung erinnerte an eine Raubkatze auf Beutejagd.

„Laß die Waffe fallen, Torrem! Und dann nimm die Hände hoch!“

Mibeck dachte nicht daran, dem Befehl zu gehorchen. Er wirbelte herum und schoß. Arthur Konstantin feuerte den Bruchteil eines Augenblicks eher. Der Thermostrahl durchbohrte die rechte Brusthälfte seines Gegners und schleuderte ihn mehrere Meter weit zurück. Deshalb trafen Torrems Schüsse, ohne großen Schaden anzurichten, nur die Decke.

Arts Fehler war es, zu glauben, daß er seinen Widersacher ausgeschaltet hatte. Kaum ein Mensch wäre nach diesem Treffer überhaupt noch bei Bewußtsein gewesen.

Als er die Waffe senkte, sprang Torrem unvermittelt hoch und hetzte in wilden Zickzacksprüngen davon.

Die nächste halbe Stunde nutzte Art, um die Luftumwälzung zu blockieren. Sauerstoff würde zwar noch nach Tagen ausreichend vorhanden sein, doch der damit verbundene Ausfall der Klimaanlage führte schon innerhalb kürzester Zeit zu einem rapiden Absinken der Temperatur. Den Zugang zur Anlage blockierte Art mit einem Kodewort.

Torrem konnte ihm überall auflauern. Nicht eine Sekunde lang ließ Arthur Konstantin die nötige Vorsicht außer Acht. Deshalb brauchte er ein Mehrfaches der eigentlich erforderlichen Zeit. Sein Versuch, Torrem über Interkom-Rundruf zur Aufgabe zu bewegen, war vergeblich Mühe. Mibeck antwortete nicht einmal.

Die Kammer mit den Raumanzügen war unversehrt. Doch die Erkenntnis, daß keiner der Anzüge über einen ausreichenden Luftvorrat verfügte, traf Art schwer. Zudem konnte er nicht mit Sicherheit sagen, ob Torrem seine Absicht durchschaut und vor ihm dagewesen war, oder ob die frühere Crew der SHERMAN SJ-4 die Nachlässigkeit zu verantworten hatte.

Ein Flüstern erklang über Interkom.

„Ich weiß, daß du die Sauerstoffversorgung unterbrochen hast, Art. Es wird kälter – merkst du das auch? Fünfzehn Grad inzwischen. Bald wirst du frieren. Es sei denn, du hast einen Raumanzug.“ Torrems Stimme hatte zunehmend schriller geklungen. Kurz bevor sie umkippen konnte, schwieg er wieder.

Art wußte nun sicher, wem er den geringen Luftvorrat der Raumanzüge verdankte. Torrem hatte sich auf seine Weise revanchiert. Wahrscheinlich saß er in der Zentrale und wartete darauf, daß er, Konstantin, klein beigab. „Du kannst lange warten!“ stieß Art gepreßt zwischen den Zähnen hervor.

Im nächsten Moment war er schwerelos. Eine unbedachte Bewegung ließ ihn wie einen Gummiball davonhüpfen. Er krachte mit der Schulter gegen das Schott, schoß im Winkel von annähernd 45 Grad zur Decke empor und schlug sich fast den Schädel ein, bevor es ihm gelang, Halt zu finden. Torrem hatte die künstliche Schwerkraft abgeschaltet. Er wollte ihn zwingen, einen der Raumanzüge anzulegen. Dann konnte er sich, sobald der Helm geschlossen war, wieder normal bewegen. Aber nur solange die Atemluft reichte. Ein Teufelskreis. Auf jeden Fall hatte Torrem einen nicht zu unterschätzenden Vorteil gewonnen.

Art mußte alle Skrupel vergessen, die ihn noch belasteten. Torrem würde nicht zögern, ihn zu töten.

Er ist kein Mensch mehr! dachte Art, während er einen der Raumanzüge anlegte. Die Aras haben ihn geistig und körperlich zu einem Monstrum gemacht.

Der Luftvorrat reichte für zwanzig Minuten. Das war verdammt wenig. Tief atmete Art durch, bevor er den Helm schloß. Über die Leiter stieg er in den kleinen Laderaum ab, in dem sich die Bodenschleuse befand. Der zur Ausrüstung jeder Jet gehörende Shift war flugbereit.

Art schwang sich in den Flugpanzer und wurde nach kurzer Suche fündig. Drei Päckchen Syntho-Sprengstoff von hoher Brisanz lagen im Depot. Sie an der Bodenschleuse der Space-Jet anzubringen und so zu verdämmen, daß die Sprengwirkung sich vorwiegend nach außen richtete, war die Angelegenheit weniger Minuten. Zuletzt brachte Art den Funkzünder an.

Da er während der Arbeit den Helm geöffnet hatte, war sein Luftvorrat erst zu einem Drittel aufgebraucht.

Der Shift war ein Allzweckpanzer gleichwohl für planetaren Einsatz wie den Flug im Weltraum geeignet. Ständig darauf gefaßt, daß Torrem ihn bei seinen Vorbereitungen überraschte, drapierte Art einen zweiten Raumanzug so in den Pilotensitz, daß der Betrug von außen erst aus unmittelbarer Nähe erkennbar wurde. Bevor er die Fahrerkuppel schloß, ließ er den Kernfusionsreaktor anlaufen.

Sobald Torrem in der Zentrale den Energieausstoß anmaß, mußte er annehmen, daß Art die Flucht mit dem Shift versuchte. Er würde kommen.

Und er kam. Er eröffnete das Feuer auf die Fahrerkuppel, kaum daß er den Antigravschacht verließ. Obwohl er einen Raumanzug trug, glaubte Arthur Konstantin aus seinen Bewegungen zu erkennen, daß die Brustwunde vollständig wieder verheilt war.

Torrem erkannte den Betrug schneller als erwartet; daß der Shift noch nicht immer anfuhr, war die Schwachstelle in Arts Plan. Ruckartig flog sein Kopf in den Nacken, er suchte die umlaufende Galerie ab, entdeckte Konstantin vor dem Aufgang zum oberen Deck und schoß.

Nur weil sich das Schott bereits schloß, wurde Art nicht getroffen. Er gab den Zündimpuls für die Sprengladungen.

Eine heftige Erschütterung, begleitet von infernalischem Dröhnen, durchlief die Space-Jet. Art glaubte beinahe, spüren zu können, wie die Schleuse aus der Wand gerissen wurde und die schlagartig ins All expandierende Luft alles mitnahm, was nicht niet- und nagelfest war. Der Druckverlust beschränkte sich allerdings auf das untere Deck, da der Antigravschacht durch ein Notschott hermetisch abgeriegelt wurde.

In Arts Helmempfänger war eine schwache, rasch leiser werdende Stimme zu vernehmen.

„Du hast nicht gesiegt, Art. Vielleicht ersticke ich in einigen Stunden, aber ich habe vorgesorgt. Der Weltraum wird auch zu deinem Grab."

Eine zweite, weitaus schwächere Explosion erschütterte die SHERMAN SJ-4. Sie kam von einem der oberen Decks.

Arthur Konstantins schlimmsten Befürchtungen bewahrheiteten sich, als er die Zentrale erreichte. Die Steueranlage war nur noch ein qualmendes Trümmerfeld. Er konnte von Glück reden, daß die Polkuppel nicht beschädigt worden war. Dann hätte der Sauerstoffmangel ihn schon in den nächsten Minuten getötet. So blieben ihm immerhin noch einige Tage – Tage der Hoffnung und der Furcht.

Torrem Mibeck hatte sich ihm wieder als ebenbürtig erwiesen.

Auch die Hyperfunkanlage war in Mitleidenschaft gezogen worden. Art arbeitete ohne Unterbrechung an der Reparatur. Weder Schlaf noch Essen oder Trinken waren so wichtig wie ein einziger Notruf. Sein Überleben hing davon ab.

Nach zwanzig Stunden hatte er die Anlage soweit wieder in Schuß, daß er es riskieren konnte, auf einer Frequenz der Galaktischen Abwehr seine Koordinaten durchzugeben.

Die Hyperfunkanlage überstand genau zwei Wiederholungen des Notrufs, bevor sie endgültig den Geist aufgab. Von da an hatte Arthur Konstantin hinreichend Zeit und Muße, sich den Magen vollzuschlagen und seiner Erschöpfung nachzugeben.

Mit rund zwei Zehntel Lichtgeschwindigkeit driftete die Space-Jet einer wenige Lichttage entfernten Sonne zu. Falls das Wrack nicht in eine Kreisbahn gezwungen wurde, würde es unweigerlich in dem Atomofen verglühen. Art hatte keine Möglichkeit, den Kurs zu beeinflussen.

Jeder Tag wartete mit neuen unangenehmen Überraschungen auf. Erst versagte die mittlerweile wieder in Betrieb genommene Lufterneuerung teilweise, danach floß das Trinkwasser nur noch als brackige Brühe aus den Hähnen. Bakterien hatten sich in den Tanks eingenistet und explosionsartig vermehrt. Art litt unter Durchfall und Schüttelfrost. Medikamente schafften nur vorübergehend Linderung.

Sein Flüssigkeitsverlust wurde bedenklich. Er magerte ab, fühlte sich zunehmend elender und begann sich schließlich allen Ernstes zu fragen, ob er den Tod nicht herbeisehnen sollte.

Am fünften Tag, die Sonne war vor dem Wrack inzwischen zu einem riesigen Glutball angewachsen, fand er durch Zufall das Logbuch der SHERMAN SJ-4. Aber nicht einmal das Abspielgerät funktionierte noch. Verbittert schleuderte er den Datenspeicher in die nächste Ecke.

Der Durst wurde unerträglich. Halluzinationen quälten Art. Sie waren schlimmer als Alpträume.

Irgendwann dämmerte er hinüber in einen tiefen, traumlosen Schlaf, in dem er endlich Ruhe fand . . .

. . . bis ein grelles Licht ihn aufschreckte.

„Willkommen unter den Lebenden!" sagte eine weibliche Stimme.

Shari?

Arthur Konstantin kannte das Gesicht nicht, das sich über ihn beugte. „Der Doktor hat Sie von den Toten zurückgeholt. Beinahe achtundvierzig Stunden sind vergangen, seit wir Sie im letzten Moment aus dem Wrack gerettet haben."

„Wer . . .?"

„Sie befinden sich auf dem Schweren Kreuzer MANHATTAN, Sir. Das Schiff fliegt unter dem Kommando von Allan D. Mercant persönlich."

„Ich muß mit Mercant reden!" Arthur Konstantin wollte sich aufsetzen, doch prompt wurde ihm wieder schwarz vor Augen.

„Mercant ist ebenso begierig darauf. Aber noch hat der Doktor das Sagen."

Eine Hochdruckinjektion in die Armvene raubte Art erneut die Besinnung.

Als er zum zweitenmal aufwachte, fühlte er sich wie neugeboren. Er lag nicht mehr auf der Medostation, sondern in einer normalen Kabine. Ein verhaltenes Räuspern ließ ihn herumfahren.

„Ihr Auftrag wurde zufriedenstellend beendet, Leutnant Konstantin."

„Mercant . . ."

Der allmächtige Chef der Galaktischen Abwehr überhörte die respektlose Anrede geflissentlich.

„Die Beförderung ist mir egal", fuhr Art ungerührt fort. „Ich will die Wahrheit wissen, Sir. Haben Sie mich nur als Lockvogel benutzt . . .?"

Mercant zögerte. „Ich war mir nicht sicher über den Part Ihres früheren Freundes Torrem Mibeck. Einige Informationen besagten, daß er maßgeblich an *Projekt Phoenix* beteiligt gewesen sein soll."

„Deshalb erhielt ich den Auftrag?"

„Zum Teil – ja. Aber auch die Beurteilung Ihrer Vorgesetzten . . ."

Arthur Konstantin unterbrach Mercant mit einer schroffen Handbewegung. „Die Umtriebe von Aras, Springern und Akonen auf Charisma . . .?"

„. . . wurden inzwischen unterbunden. Während Sie auf Charisma für einige Unruhe sorgten, konnten andere Agenten unbehelligt den entscheidenden Schlag vorbereiten. – Vor zwei Tagen hat endlich ein starker Flottenverband den Stützpunkt der Aras auf Imhar ausgehoben. Leider haben die galaktischen Mediziner selbst sämtliche Forschungsdaten vernichtet, bevor wir darauf zugreifen konnten. *Projekt Phoenix* ist damit gestorben."

„Vielleicht ist es besser so", sagte Arthur Konstantin zögernd. „Ich fände den Gedanken unerträglich, von mutierten Viren beherrscht zu werden. Allzu leicht könnte sich eine genetische Katastrophe anbahnen."

„Ihre Meinung wird von allen offiziellen Stellen geteilt." Allan D. Mercant fuhr sich nachdenklich mit der Hand übers Kinn. „Wie stellen Sie sich Ihre Zukunft vor, Leutnant?" fragte er unvermittelt.

„Ich? Wieso . . .?"

„Wir brauchen einen guten Mann auf Plophos. Auf dem dritten Planeten der Sonne Eugaul gärt es im Untergrund. Sie hätten völlig freie Hand in Ihren Entscheidungen.“

Abschätzend wiegte Arthur Konstantin den Kopf.

„Ich weiß nicht, Sir“, erwiderte er. „Ich hatte mir eine Agententätigkeit anders vorgestellt.“

ENDE